Jens Böttcher
Der Tag des Schmetterlings

AF288277

Jens Böttcher

Der Tag des Schmetterlings

Short Stories

Brendow
VERLAG + MEDIEN

Bibliografische Information der Deutschen Nationalbibliothek
Die Deutsche Nationalbibliothek verzeichnet diese Publikation in der
Deutschen Nationalbibliografie; detaillierte bibliografische Daten
sind im Internet über http://dnb.d-nb.de abrufbar.

ISBN 978-3-86506-265-9
© 2009 by Joh. Brendow & Sohn Verlag GmbH, Moers
Einbandgestaltung: Brendow Verlag, Moers
Titelfoto: Getty Image
Satz: Satz & Medien Wieser, Stolberg
Druck und Bindung: Norhaven A/S
Printed in Denmark

www.brendow-verlag.de

INHALT

Wenn die Hand des Lebens
schwer ist und ohne Lied die Nacht,
dann ist es Zeit für Liebe und Vertrauen.
Und wie leicht wird doch die Hand des Lebens,
wie voll Gesang die Nacht, sobald man alles liebt,
allem vertraut.

Khalil Gibran

HERR MEIER

Der EC 306 ratterte mit gleichmäßiger Geschwindigkeit über das Gleis. Zugbegleiterin Daniela Kurtz hatte soeben das Abfahrtsignal in Bremen gegeben und begonnen, die Fahrkarten der Zugestiegenen zu kontrollieren und abzustempeln. Sie mochte ihren Job, auch wenn er gelegentlich öde und anstrengend war. Und sie wusste, dass sie besser mal zehn Kilo abnehmen sollte. Das hatte ihr sogar der Arzt empfohlen. Es sei besser für die Gelenke, da sie ja bei der Arbeit so viel auf den Beinen war. Das stimmte. Außerdem fühlte sie sich nicht mehr so schön wie früher. So richtig störte sie das allerdings nicht.

Schon eher, dass ihr am Abend meistens ganz schön die Füße wehtaten. Und eben der Rücken. Aber es war trotzdem ein Glück, dass sie den Job hatte. Thorsten verdiente als Getränkemarktleiter allein einfach nicht genug. Zum Leben für beide hätte es schon gereicht, aber mehr als ein einziger günstiger Urlaub pro Jahr wäre nicht drin gewesen, wenn Daniela nicht monatlich ihren guten Tausender nach Hause gebracht hätte.

Noch gut drei Stunden bis Köln, dann würde sie den Zug wechseln, wieder zurück bis nach Hamburg fahren und den Feierabend ganz gemütlich zu Hause verbringen. Sie freute sich darauf, immerhin kam heute Abend ihre absolute Lieblings-Castingshow. Sie würde sich aus- und den Fernseher anknipsen. Und sich dazu selbst eine Tüte Paprikachips servieren.

Der Tag würde bis dahin nicht mehr sehr stressig werden. An einem Dienstag wie diesem war nicht viel los. Die Ferienzeit war gerade vorbei und dann schienen alle Deutschen ja immer für ein paar Wochen kollektiv genug vom Reisen gehabt zu haben. Es war für die Deutsche Bahn die ruhigste Zeit des Jahres. Günstig war für Daniela heute außerdem, dass sie nur für den hinteren Teil des Zuges zuständig war. Wagen 1 bis 6. Normalerweise war der Einser ja sowieso immer fast leer. Heute war das zwar irgendwie anders, denn ausgerechnet er, der momentan letzte Wagen vor der hinteren Lok, war recht ordentlich gefüllt, dafür waren aber die anderen fünf kaum besetzt.

Daniela stempelte sich routiniert durch die Waggons. In Wagen 2 versuchte ein Fahrgast, sie in eine Diskussion zu verwickeln. Aber auf so etwas ließ sie sich ja schon seit Ewigkeiten nicht mehr ein. Er hatte schließlich seine Bahncard vergessen. Selbst schuld. Musste er eben nachzahlen. Das war nicht ihr Problem. Anfangs war es ihr schwergefallen, ständig den Missmut einiger Fahrgäste zu schultern. Aber irgendwann war ihr Fell ganz automatisch dick genug geworden, und seither scherte sie sich nicht mehr um die Befindlichkeiten der Unausgeglichenen und Dünnhäutigen. Daniela hatte sich verändert. Sie war irgendwie eine andere geworden, aber sie vermisste ihr altes Ich eben auch nicht sonderlich. *Routine ist viel besser, als sich ständig zu viele Gedanken über unwichtige Kleinigkeiten machen*, dachte sie.

Als sie endlich Wagen 1 erreichte, seufzte Daniela leise. Jetzt noch die letzten Abteile kontrollieren, dann würde sie ein kurzes Päuschen machen können. Sie schob die Tür zu dem vorletzten Abteil auf.

„Guten Tag, Ihre Fahrkarten bitte", sagte sie mit fester Stimme.

Die vier Fahrgäste zupften synchron ihre Tickets hervor und zeigten sie nacheinander, demütig und pflichtbewusst wie ein katholischer Kinderchor. Routine. Für Daniela ein Moment wie zehntausend andere.

„Danke sehr, gute Fahrt weiterhin."

Das letzte Abteil. Sie schob die Tür auf.

„Guten Tag, Ihre Fahrkarten bitte."

Auch in diesem Abteil waren vier Fahrgäste. Ein älteres Ehepaar, eine junge, auffallend hübsche und doch irgendwie übertrieben aufgetakelte Blondine und ein grau melierter Endvierziger in Hut und Mantel. Der Platz direkt vorn rechts und der Fensterplatz hinten links, neben diesem Herrn, waren frei.

Die hübsche junge Frau nahm ihr Ticket aus ihrer Handtasche und reichte es Daniela zügig, ohne dabei den Blick von ihrem Modemagazin zu nehmen. Bei dem älteren Ehepaar war es nicht so einfach. Der Mann durchsuchte ganz hektisch seine Taschen, konnte die Fahrkarten aber nicht gleich finden und wurde sekündlich nervöser.

„Einen Moment noch ...", sagte er und griff zum dritten Mal vergeblich in die Innentasche seines grauen Sakkos.

„Natürlich", sagte Daniela.

Innerlich zählte sie bis zwanzig, um die Aggression im Zaum zu halten, die sie gelegentlich überkam, wenn sie ungeduldig wurde. Er würde die Karten schon gleich finden. *Solche Leute* fuhren nie schwarz.

„Was is denn nu, Rolf?", sagte die Ehefrau des Suchenden vorwurfsvoll. „Du hast sie doch vorhin da eingesteckt, da in deine Innentasche, das hab ich doch gesehen."

„Ja, aber da sind sie ja scheinbar nicht", sagte der Mann nervös und unterwürfig. Dann startete er die Suche von vorn, noch mal alle Taschen.

„Ro-holf, nu *mach* doch, du hältst ja den ganzen Verkehr auf..."

„Ja, gleich, gleich..."

„In der Innentasche hab ich doch gesagt!", insistierte die Frau.

„Aber da hab ich doch schon dreimal gekuckt!"

„Ja, dann kuck eben noch mal!"

Die hübsche junge Frau schaute kurz von ihrem Modemagazin auf und verdrehte leicht die Augen. Der Herr in Hut und Mantel war sehr viel geduldiger und schaute mit freundlichem Blick und einem Lächeln aus dem Fenster.

„Da! Ich hab sie!", schoss es plötzlich aus dem älteren Mann hervor.

Er hatte die Tickets am Ende gefunden. Sie waren tatsächlich in der Innentasche gewesen.

„Siehst du, Rolf... und wo waren sie nun?", herrschte die Frau ihn triumphierend an.

„Du hattest recht, Herthaschätzchen. Wie immer."

„Natürlich", sagte sie. Dann bestand sie darauf, dass ihre letzte Frage beantwortet würde: „Und wo waren sie nun also?"

Der Mann lachte verlegen und gedemütigt.

„In der Innentasche, Schätzchen. Ganz genau, wie du gesagt hast."

Die Frau wandte sich ab und schaute so zufrieden und selbstgefällig aus dem Fenster, als hätte sie gerade einen Preis für ihr Lebenswerk als Diktatorin eines kleinen afrikanischen Staates verliehen bekommen.

Daniela Kurtz wandte sich nun dem Herrn in Hut und

Mantel zu. Er hatte die ganze Zeit nicht aufgehört, freundlich zu lächeln. Sein Gebaren und seine Gesichtszüge waren die eines Gentleman.

„Und Ihre Fahrkarte bitte?"

Er hatte sie bereits in der Hand und reichte sie ihr.

„Das sind die Karten für uns beide hier", sagte er, weiter freundlich lächelnd.

Daniela verstand nicht.

„Für Sie *beide*?"

„Ja, ganz recht", sagte der Mann, „für mich und für Herrn Meier."

Dabei machte er eine Kopfbewegung in Richtung des freien Fensterplatzes neben sich.

„Oh, ich verstehe", sagte Daniela. „Ist Ihr Mitfahrer gerade auf der Toilette oder im Bistrowagen?"

Er schaute sie etwas irritiert an.

„Äh, nein, wieso?", fragte er mild und lächelte dabei unbeirrt.

„Nur damit ich weiß, dass seine Karte schon abgestempelt ist, wenn ich ihn sehe", sagte Daniela.

„Aber, ich verstehe nicht?", antwortete der Fahrgast.

Und dann sagte er etwas, mit dem weder Daniela noch die anderen Fahrgäste des Abteils gerechnet hatten.

„Er *sitzt* doch hier." Dabei zeigte er verwundert auf den leeren Platz. Dann schaute er Daniela an, als bräuchte sie eine Brille.

„Wie meinen Sie das?", fragte sie.

Der Mann lachte. „Die Frage verstehe ich nicht. Darf ich vorstellen, das ist Herr Meier. Mein Name ist übrigens Bergmann. Richard Bergmann."

Er streckte seine Hand nach ihrer aus und fügte höflich hinzu: „Und wie ist Ihrer, wenn ich mir die Frage erlauben darf?"

Daniela Kurtz war ebenso irritiert wie die anderen Fahrgäste. Die hübsche Blondine hatte den Blick erneut kurz von ihrem Magazin gehoben, um Herrn Bergmann einen kurzen und verächtlichen Seitenblick zuzuwerfen. Hertha und ihr Rolf staunten ebenfalls nicht schlecht. Hertha vergaß sogar für eine Weile, ihren Mund zu schließen.

„Ich … also", zögerte Daniela. Dann fasste sie sich. Eigentlich fand sie es ja gar nicht weiter schlimm, sich vorzustellen, da sie ja sowieso ein Namensschild trug, das jeder sehen konnte.

Sie nahm seine ausgestreckte Hand.

„Kurtz. Guten Tag."

„Das ist aber ein schöner Name, Frau Kurtz", sagte der merkwürdige Fahrgast und lächelte weiter nett. Er schaute auf ihr Namensschild. „Mit Tezett, ja? Wirklich ein schöner Name … ungewöhnlich, oder?"

Dann wandte er sich zu dem leeren Fensterplatz um, und gleich darauf wieder zu Daniela.

„Herr Meier, das ist Frau Kurtz. Frau Kurtz, darf ich Ihnen Herrn Meier vorstellen? Wir reisen immer zusammen, Herr Meier und ich."

Bergmann lachte fröhlich.

Die junge hübsche Frau beugte sich ganz leicht vor, um den leeren Fensterplatz besser sehen zu können und sich so zu vergewissern, dass sie keinen Knick in der Linse hatte. Nein, da saß nun wirklich niemand. Dann lehnte sie sich wieder zurück und seufzte leise, was eigentlich keinen anderen Schluss zuließ, als dass sie Herrn Bergmann soeben in ihrem persönlichen Spinnerarchiv abgeheftet hatte.

Herthas armer Mann Rolf schaute Herrn Bergmann mitleidig an. Hertha selbst blickte derweil mit versteinertem Gesicht aus dem Fenster und signalisierte so dem ganzen Abteil, dass sie mit einem solchen Verrückten nichts zu tun haben wollte.

„Herr Meier hat ein kleines Nickerchen gemacht. Er ist gleich eingeschlafen, ganz kurz, nachdem wir in Hamburg-Dammtor eingestiegen sind. Und er ist jetzt gerade erst wieder aufgewacht, müssen Sie wissen", sagte Herr Bergmann und lächelte dabei fröhlich in die Runde.

„Oh, ja, ich … verstehe", sagte Daniela und versuchte angestrengt, sich an die Lektionen in ihrer kurzen Anlernphase zu erinnern, in denen es um psychisch auffällige Fahrgäste ging. Aber sie erinnerte sich nicht so recht und beschloss, das Ganze einfach auf sich beruhen zu lassen.

„Ja, also dann … wünsche ich Ihnen allen noch eine gute Fahrt."

Daniela wollte gerade die Abteiltür wieder schließen.

„Ähm, Verzeihung, eine Sekunde noch bitte, Frau Kurtz", sagte Herr Bergmann und drehte sich zu Herrn Meier um, der natürlich immer noch nicht wirklich da war.

„Oh, meinst du wirklich?", fragte er seinen unsichtbaren Mitreisenden. „Denkst du denn, das wäre richtig?"

Hertha rutschte nervös auf ihrem Sitz herum und stupste ihrem Mann mehrfach ans Bein, um ihm so klarzumachen, dass er gefälligst irgendetwas tun und sie vor dem Irren beschützen sollte. Rolf reagierte nicht darauf.

„Herr Meier fragt, ob Sie uns vielleicht noch für eine kleine Weile das Vergnügen Ihrer wundervollen Gesellschaft machen könnten, Frau Kurtz?"

„Ich … ja, wieso … ich kann doch nicht …", brachte Daniela mühsam abwehrend heraus.

„Bitte ... nur ein paar Minuten", sagte Herr Bergmann und fügte seinem charmanten Lächeln noch einen wahrhaft steinerweichenden Blick hinzu.

„Herr Meier und ich würden uns wirklich beide sehr freuen."

Daniela wollte sich gerade weiter aus dieser merkwürdigen Situation herauswinden, als sie Herthas drohenden Gesichtsausdruck bemerkte. Nachdem sie mit dem Beinstupsen bei ihrem Mann keinen Erfolg gehabt hatte, warf sie nun Daniela einen verkniffenen Blick zu, der sie unmissverständlich an ihre Pflicht als Bahnangestellte mahnte, gefälligst die Sicherheit der Fahrgäste zu gewährleisten.

Daniela schaute zu Hertha, dann zu Herrn Bergmann. Sie rang sich ein Lächeln ab.

„Ich ... na gut", willigte sie schließlich ein und wusste selbst nicht so recht warum. „Ein paar Minuten kann ich ja bleiben."

Herr Bergmann schaute zufrieden zu Herrn Meier und lächelte Daniela anschließend charmant an. Dann stellte er sich und Herrn Meier auch den anderen Reisenden vor.

Rolf reagierte sehr freundlich.

„Rolf Griesbach, Victrol-Versicherungen, Direktor im Bezirk Nordwest, pensioniert, guten Tag, Herr Bergmann, sehr angenehm. Und das ist meine Frau Hertha. Hertha Griesbach."

Bergmann schüttelte begeistert Griesbachs Hand und versuchte auch die von Hertha zu ergreifen, doch die hatte ihre beiden Exemplare bereits demonstrativ protestierend in der Handtasche auf ihrem Schoß versenkt.

„Es ist mir eine Ehre, Sie kennenzulernen, Frau Griesbach", sagte Bergmann ganz unbeeindruckt, während er seine Hand zurücknahm. Dann deutete er wieder auf Herrn Meier.

„Und wie gesagt, das ist Herr Meier. Wir reisen immer zusammen. Ach, wir sind sowieso unzertrennlich, nicht wahr, Herr Meier?"

Schließlich streckte Bergmann auch der jungen Dame rechts von sich die Hand entgegen.

„Und wie ist Ihr werter Name, entzückendes Fräulein?", sagte er wieder mit dem gewinnenden Charme eines Gentleman der alten Schule.

Sein Tonfall und sein Lächeln schafften es tatsächlich, die harte Schale der jungen Frau immerhin so weit aufzuweichen, dass sie ihm ihren Namen verriet. Außer ihren Lippen bewegte sich an ihr allerdings nichts, während sie sprach.

„Jasmin de la Roché", sagte sie und reichte ihm hochnäsig die Hand, wie eine englische Adelige, die sich dazu herablässt, einen Lieferanten zu beachten.

„Oh, was für ein bezaubernder Name", sagte Bergmann schwärmerisch, „Jasmin de la Roché! Das klingt fantastisch, so edel … und wenn ich mir die Bemerkung erlauben darf … gerade deshalb passt der Name ganz vortrefflich zu Ihnen."

Jasmin fälschte ein Lächeln, bevor sie sich mit steinerner Miene wieder ins Studium ihres Modemagazins stürzte.

Herr Bergmann wandte sich zu Herrn Meier, als wäre er gerade schon wieder von ihm angesprochen worden.

„Oh ja, *das* finde ich auch. Ganz wunderbar! Oh, meinst du? Aber ich glaube, so etwas fragt man eine junge Dame nicht. Nein, wirklich nicht, das geht nicht."

Er richtete seinen Blick nach vorn und schüttelte den Kopf.

„Tss … also du kommst auf Ideen", wiegelte er ab.

Jasmin schaute erneut von ihrem Magazin auf. Immerhin schien es ja bei dem, was Herr Meier da gerade wissen wollte, wohl um sie zu gehen. Auch die Griesbachs und Daniela hätten gestehen müssen, dass sie durchaus neugierig waren, wenn sie gerade jetzt jemand gefragt hätte.

Herr Bergmann wehrte derweil einen weiteren Versuch von Herrn Meier ab: „Nein, das tue ich nicht. Dann mach es doch selbst."

Er schaute wieder nach vorn und lächelte nun schweigend Herrn und Frau Griesbach an. Dann wandte er sich zu Daniela.

„Ist das nicht herrlich? Mal einfach so dazusitzen und ein kleines Päuschen von der Arbeit machen? Es ist bestimmt furchtbar anstrengend, immer so herumzurennen, oder?"

Daniela mochte nicht antworten und lächelte nur etwas unsicher. Herr Bergmann schien es zu spüren und setzte die Konversation einfach fort:

„Haben Sie sich eigentlich jemals Gedanken darüber gemacht, dass man sich ja nicht nur physisch bewegt, wenn man mit dem Zug oder auch mit dem Auto oder mit dem Flugzeug reist, sondern dass auch die Seele dabei stets in Bewegung ist? Das ist eine große Anstrengung, wissen Sie? Immer von hier nach da, immer unterwegs. Also, ich bewundere Sie, dass Sie das so können. Meine Hochachtung, wirklich. Sie haben eine sehr tapfere Seele. Ja, wirklich. Ihre Seele hat schon viel erlebt und ist viel gereist. Sehr beeindruckend."

Daniela wollte es nicht gleich akzeptieren, aber sie spürte, dass es ihr gut tat, was der Verrückte da gerade sagte. *Oh, wie wahr das ist*, dachte sie und nickte ganz vorsichtig.

„Und wissen Sie, was ich glaube, was dabei die allergrößte Anstrengung und gleichzeitig umso wertvollere

Frucht ist?", fragte Herr Bergmann in die nun höchst irritierte Runde.

„Bei all der inneren und äußeren Bewegung, diesem permanenten Stress, dem die überarbeitete Seele ausgesetzt ist, immer noch so unglaublich nett und freundlich zu den Fahrgästen zu bleiben, wie Frau Kurtz. Das ist doch phänomenal. Also wirklich!"

Es war nicht der Hauch von Spott in Bergmanns Worten. Er meinte es so, wie er es sagte. Daniela fühlte sich nun fast verpflichtet, da etwas gerade zu rücken.

„Aber, ich …", versuchte sie einen Widerspruch.

„Oh, nein, da gibt es kein Aber, gnädige Frau", sagte Bergmann mild und nun wieder entwaffnend charmant. Dabei lächelte er ein solch warmes Lächeln, das in Sekunden sogar einen vereisten Schneeball geschmolzen hätte.

„Sie haben eine wirklich nette, sehr menschenfreundliche und herzerwärmende Seele, Frau Kurtz. Ich habe das gleich gemerkt, als Sie hereinkamen. Herr Meier übrigens auch, nicht wahr, Herr Meier?"

Er nickte Herrn Meier zu und schaute gleich wieder zu Daniela.

„Sehen Sie?"

Daniela wurde etwas verlegen. Auch wenn sie es so bislang nicht betrachtet hatte, aber was Herr Bergmann da sagte, war schon irgendwie die Wahrheit. Sie war ja eigentlich wirklich sehr menschenfreundlich und warmherzig. Jedenfalls gewesen. Früher irgendwann. Bevor sie sich aufgegeben und sich dieses dicke Fell angeschafft hatte, durch das schon lange niemand mehr hindurchschauen durfte.

„Sie sind bestimmt verheiratet, oder, Frau Kurtz?", fragte Herr Bergmann nun interessiert und ganz beiläufig, als wäre es nicht die Spur einer Grenzüberschreitung.

„Ich … äh, ja", sagte Daniela.

„Oh, das haben wir ja gleich gesehen, nicht wahr, Herr Meier? Herr Meier hat sogar vorhin gesagt, das war nämlich, als Sie hereingekommen sind und mit so einer Engelsgeduld gewartet haben, bis der arme Herr Griesbach seine Fahrkarten gefunden hat. Also, da hat Herr Meier gleich gesagt, dass Ihr Mann ein wahrer Glückspilz ist, dass er eine Frau mit so einem wunderschönen Wesen als Gattin bekommen hat."

Daniela errötete etwas. So etwas Nettes hatte sie schon lange nicht mehr gehört. Eigentlich hatte sie so etwas Nettes noch *nie* gehört, schon gar nicht von Thorsten selbst.

„Sie sind überhaupt sehr schön", setzte Bergmann dem Ganzen nun noch die Krone auf. Daniela schaute instinktiv für einen kurzen Moment hinaus auf den Gang, um zu verbergen, dass sie ganz rot wurde.

„Herr Meier sagt, dass Ihre innere Schönheit so sehr nach außen strahlt, dass es das reine Vergnügen ist, Sie anzusehen. Ich habe ihm gesagt, dass man so etwas einer Dame, die man nicht gut kennt, nicht einfach so aus heiterem Himmel sagt, aber er hat darauf bestanden. So ist er manchmal, der Herr Meier."

Er lachte und schaute in die Runde. Natürlich lachte niemand mit.

Bis auf Daniela, die weiter verlegen zum Gang hinausblickte, schauten sich alle Fahrgäste nur befremdet an. Sogar Jasmin de la Roché und Hertha Griesbach tauschten einen kurzen Blick miteinander, der sich nach einer Sekunde der Unentschlossenheit jedoch sofort wieder für das Genre unfreundliche Härte entschied. Hertha schaute daraufhin wieder aus dem Fenster. Ihre Hände hielt sie weiter in den Untiefen ihrer Handtasche versteckt. Und sie zuckte leicht zusammen, als Herr Bergmann nun auch sie ansprach.

„Und an Ihnen, Gnädigste, wenn ich das auch so offen sagen darf, bewundere ich Ihr Durchsetzungsvermögen und Ihre kraftvolle, selbstbewusste Entschlossenheit. Ohne diese wunderbaren Charaktereigenschaften wären Sie und Ihr werter Gatte ganz sicher nicht so hoch hinausgekommen. Die Gattin des Direktors Bezirk Nordwest. Alle Achtung."

Rolf Griesbach freute sich darüber, dass Bergmann etwas Nettes über seinen Posten und seine Hertha äußerte, auch wenn er sich sogleich fragte, ob das, was er da über ihren Charakter sagte, nicht totaler Unsinn war. Hertha Griesbach verzog vorsichtshalber keine Miene. Sie schaute aus dem Fenster und übte weiter die Rolle der distanzierten und latent beleidigten Leberwurst. Bergmann aber fuhr unbeeindruckt fort.

„Herr Meier findet das übrigens auch. Und er hat mich gebeten, Sie zu fragen, woher Sie ursprünglich stammen? Würden Sie uns die Ehre erweisen, es uns zu verraten?"

Hertha starrte tapfer hinaus, auf die letzten Meter des leeren und verregneten Osnabrücker Bahnsteigs, den der EC 306 gerade hinter sich ließ. Jetzt wurde sie allerdings angestupst. Ihr Mann stupste dabei nicht genauso, wie sie es vorher getan hatte, also nicht fordernd, sondern ermutigend. Fast wie ein Bruder, der seine kleine, schüchterne Schwester anspornt, doch endlich auch mal wenigstens *eine* Runde Topfschlagen mitzuspielen. Aber Hertha zog es vor, in ihrer Blümchen-rühr-mich-nicht-an-Rolle zu verharren.

Herr Griesbach lächelte freundlich und übernahm die Antwort, die seine Frau nicht geben mochte.

„Hertha kommt aus Berlin."

Jetzt lachte er geradeheraus und schien sich diebisch zu freuen.

„Hihi ... wissen Sie, wie ulkig das ist? Hertha aus Berlin? Hihi.. Sie verstehen … ich und mein Freund Dieter, wir haben Hertha damit früher immer aufgezogen, als … haha … die Hertha aus Berlin … hach, war das immer ulkig …"

Herthas Kopf schnellte herum.

„Das ist *nicht* witzig, Rolf!", fauchte sie.

Herr Griesbach zuckte zusammen, als hätte ihm gerade ein tollwütiger Dackel in die Wade gebissen. „Oh, natürlich nicht, entschuldige, Herthaschätzchen, entschuldige …"

„Oh, das war bestimmt schön früher, oder? Sie haben gewiss sehr viel zusammen gelacht?", sagte Herr Bergmann und ignorierte damit vollkommen die massiv drohende Ehekrise.

„Humor ist sicher ein sehr, sehr wichtiger Baustein für eine solche Karriere gewesen, wie Sie sie gemacht haben, oder Herr Griesbach? Oh ja, das gibt Kraft, wenn man zusammen lachen kann, nicht wahr? Hm, und Berlin. Eine tolle Stadt. Es passt vortrefflich zu Ihnen, Gnädigste, dass Sie aus einer Weltstadt wie Berlin kommen."

Rolf Griesbach schaute kurz zu seiner schweigenden Hertha, dann schüttelte er den bissigen Dackel ab und lächelte wieder.

„Oh ja, Herr Bergmann, das ist richtig. Wir hatten viel Freude damals, Hertha und ich. Das waren schöne Zeiten! Eigentlich die schönsten überhaupt … und nun können wir auf ein erfülltes Leben zurückblicken. Ich habe es immerhin bis zum Direktor gebracht, wie Sie wissen, ja, der ganze Bezirk Nordwest! Und aus den Kindern ist auch etwas geworden. Ich zeige Ihnen mal die Fotos. Eine Sekunde."

Griesbach begann nun wieder, in seinen Jackentaschen herumzuwühlen und fand wieder nicht gleich, was er suchte.

„Sekunde noch … hab sie gleich …"

Nun meldete sich auch Hertha wieder zu Wort.

„Die Fotos sind in …"

„Oh, in der Innentasche, Herthaschätzchen?", hakte Griesbach schnell nach, während er sogleich dorthin griff und weiterwühlte.

„Nein, in meiner Handtasche", sagte Hertha schroff.

„Oh, zeig sie doch mal Herrn Bergmann, Herthaschätzchen …"

Hertha verzog mürrisch die Mundwinkel. Dann gab sie nach und holte die Fotos mitsamt ihren Händen hervor.

„Bitte sehr", sagte sie schnippisch und reichte Herrn Bergmann die Bilder. Herr Griesbach beugte sich zu Bergmann und stellte ihm seine Familie vor:

„Das da, das ist Fabian, unser Ältester, mit seiner Frau Hannelore. Und das hier ist unsere Silke, mit ihrem Mann Florian und den beiden Kindern. Süß die beiden, nicht wahr? Wir sind schon Großeltern, müssen Sie wissen … hihi."

Herr Griesbach erfüllte es ganz offensichtlich mit Stolz, Herrn Bergmann seine geliebten Kinder auf diese Weise vorzustellen. Der wiederum zeigte die Bilder nun auch Herrn Meier.

„Sieh doch nur, wie glücklich diese Enkelkinder aussehen. Und … oh … das sind ja …"

Er hielt inne, hob seinen Blick und schaute Hertha an.

„Diese Augen. Ihre Tochter hat ja Ihre Augen. Die gleiche furchtlose Entschlossenheit und diese, lassen Sie es mich ruhig so unverblümt sagen, diese … anmutige Autorität. Das ist wirklich fabelhaft!"

Hertha ließ sich nun dazu herab, wenigstens einmal zu Herrn Bergmann rüberzusehen. Der schaute ihr jetzt noch etwas tiefer in die Augen.

„Sie haben herrliche Augen, Frau Griesbach. Man kann darin direkt sehen, wie viel Humor und wilde Lebenslust in Ihnen steckt … und da ist noch etwas …"

Bergmann kniff nun beim genauen Betrachten von Herthas Augen konzentriert seine Lider zusammen, so als würde es ihm die Möglichkeit bieten, tatsächlich noch etwas anderes als die Wut und die Zickigkeit darin zu entdecken, die alle anderen Anwesenden auch sehen konnten.

Hertha schaffte es nicht, ihren Blick abzuwenden. Sie verstand nicht warum, aber irgendwie war sie gerade auf faszinierende, nicht unangenehme Weise wie gelähmt.

„Was denn?", sagte sie plötzlich, ungewohnt mild und leise.

Bergmann betrachtete weiter ganz ergriffen ihre Augen. Bis Herr Meier ihn ansprach und ihn aus seiner offensichtlichen Ehrerbietungsstarre weckte.

„Ja, das ist es … das ist das richtige Wort … danke …", lobte er seinen unsichtbaren Mitreisenden.

Hertha schaute ihn weiter an und wartete gespannt auf das Wort, das Herr Meier soeben souffliert hatte.

„Vergebung", sagte Bergmann und schüttelte dabei staunend den Kopf. „Das ist ja wirklich ganz erstaunlich", fuhr er leise und ergriffen fort.

Hertha konnte nicht antworten. Allen anderen war ebenfalls kurzzeitig nicht nur die Lust zu reden, sondern sogar das gedankliche Mitkommen vergangen. Was meinte Bergmann denn damit? *Vergebung?*

Er führte den Gedanken sogleich aus.

„Wissen Sie, Frau Griesbach … es ist etwas so Erbauliches und Wundervolles, wenn man jemanden trifft, der die innere Stärke aufgebracht hat, seinem eigenen Leben zu vergeben. Sich selbst, den anderen … es ist wirklich … ach, wundervoll … ja, natürlich, das Leben ist ja so verdammt schwierig und man muss auch viel einstecken … aber über den stacheligen Weg der inneren Vergebung schließlich die Gefahr der eigenen Hartherzigkeit abzuwenden und so mit Liebe und Verständnis auf alles reagieren zu können, auch auf die Schwächen der Menschen, die einen umgeben … das ist wirklich fabelhaft … das ist wahre Stärke. Und es ist immer wie ein wirkliches Wunder, so einen Menschen zu treffen, dem das gelungen ist … Frau Griesbach … und Sie sind so ein Mensch … Sie haben ein so gutes Herz … man kann es regelrecht sehen, wenn man nur in Ihre Augen schaut … was für ein Lebenswerk Sie da vollbracht haben … es ist bewundernswert …"

Bergmann stoppte seinen Satz recht abrupt und wandte sich wieder an Herrn Meier.

„Ja, du hast ganz recht gehabt. Du bist wirklich ein guter Beobachter, also: alle Achtung!"

Nun schien wieder Herr Meier zu sprechen, denn Herr Bergmann hörte offensichtlich sehr interessiert zu und nickte heftig.

„Ja, natürlich. Nein, wir fahren ja bis Mainz. Nein, Mainz. Ja, Köln kommt vorher, knapp zwei Stunden. Ja, nein, jetzt kommt Dortmund, wieso? Ach so, nein, darüber mach dir mal keine Sorgen. Nein, überhaupt nicht. Erst in Mainz."

Die anderen Reisenden vermieden es dabei, sich gegenseitig anzusehen, so wie sie es vorher getan hatten. Jeder schaute irgendwohin, wo ihm keine durch eigene Blicke signalisierte Stellungnahme abzuringen war.

Daniela schaute mit gespielter Teilnahmslosigkeit auf den Gang hinaus, Jasmin starrte unverdrossen in ihr Modemagazin und Herr und Frau Griesbach blickten zum Fenster hinaus, wo die vorbeifliegenden Felder und Wiesen der letzten Stunden gerade von einem unwirtlichen, graubraunen Industriegebiet abgelöst wurden.

Herr Bergmann wandte sich nun wieder an Hertha. Er lächelte.

„Wo waren wir stehen geblieben? Ach ja, Ihre Augen. Wunderschön. Sie haben auch so eine herrliche Farbe. Wie würden Sie sie nennen? Vielleicht ... smaragdfarben?"

„Ähm ... graugrün steht in meinem Personalausweis", sagte Hertha, längst spürbar entwaffnet. Sogar der Anflug eines Lächelns huschte ihr über das Gesicht.

„Smaragdfarben trifft es aber viel, viel besser", sagte Bergmann, nun wieder mit diesem Charme, der von seinen Stimmbändern perlte und von dort direkt in Herthas Herz tropfte.

Sie bewegte den Kopf leicht verlegen und schenkte Bergmann einen kurzen, leicht verliebten Blick.

„Sie Schmeichler, Sie ...!"

Herr Griesbach nahm in diesem Moment Herthas Hand. Teils, weil er sich aufrichtig freute, dass sie wohl doch noch menschliche Züge besaß, und teils, weil er einen Weg suchte, um auszudrücken, dass er sich auch mal wieder wünschte, von ihr auf diese Weise angesehen zu werden.

„Eine tolle Frau haben Sie, Herr Griesbach", sagte Bergmann zu ihm und brachte so die Situation auf diese Weise sofort wieder ins Gleichgewicht. „Herzlichen Glückwunsch ... also, wirklich ..."

Der EC 306 kam quietschend am Dortmunder Hauptbahnhof zum Stehen. Daniela stand kurz auf, schaute sich im Gang um, ob vielleicht ein Kollege in der Nähe war, und nahm dann wieder Platz. Alle schauten sie an.

„Ich ... na ja, ich wollte nur mal schauen, ob alles seine Ordnung hat ..."

„Machen Sie ruhig noch ein bisschen weiter Pause, Frau Kurtz", sagte Herr Bergmann mit dem beruhigenden Tonfall eines väterlichen Freundes. „Sie haben es sich wirklich verdient. Und es wird heute schon kein betrügerischer Schwarzfahrer dabei sein …"

Daniela lehnte sich zurück und entspannte sich. Sie wollte tatsächlich nichts lieber, als auf diesem Platz zu bleiben. Eine so schöne Fahrt hatte sie schon lange nicht erlebt. Sie genoss es einfach. Normalerweise hätte sie natürlich ein ganz schlechtes Gewissen gehabt, aber heute war das alles irgendwie anders.

Der Zug setzte sich wieder in Bewegung. Herr Bergmann wandte sich wieder Herrn Meier zu. Er hatte jetzt für einen Moment etwas Spitzbübisches.

„Siehst du, genau, wie ich gesagt habe. Gar nichts passiert!"

Dann lehnte er sich zufrieden lächelnd in seinen Sitz zurück und reckte die Arme in die Höhe.

„Ach, herrlich so eine Zugfahrt, finden Sie nicht?"

Er schaute Hertha an, die für ihre Verhältnisse nun geradezu lieblich zurücklächelte und nickte.

Nun schien sich Herr Meier abermals zu Wort zu melden. Bergmann drehte seinen Kopf wieder zu ihm und hörte ihm aufmerksam zu.

„Ja, ich weiß, dass du möchtest, dass ich Fräulein de la Roché das sage, aber das kann ich doch nicht einfach so tun. Nein, verzeih mir, dass ich dir da so vehement widerspreche, aber du musst doch zugeben, dass das, na, sagen wir mal, etwas delikat ist, oder?" Bergmann begann zu flüstern. Natürlich konnten trotzdem alle hören, was er sagte: „Ja, das denkst du vielleicht! Nein, und wenn du dich auf den Kopf stellst, das tue ich nicht!"

Alle schwiegen. Bergmann schaute nun etwas verlegen

an die Decke des Abteils und ließ seinen Blick über die Gepäcknetze schweifen. Dabei summte er unbeholfen.

Jasmin de la Roché schaute ihm dabei zu. Sie schaute ihn nämlich schon seit seinem kleinen Zwiegespräch mit Herrn Meier herausfordernd an und wusste genau, dass er wusste, dass sie es tat. Schließlich trafen sich ihre Blicke. Herr Bergmann war das Ganze offensichtlich sehr peinlich.

„Entschuldigen Sie bitte Herrn Meier, verehrtes Fräulein de la Roché", sagte er leise.

Sie allerdings nahm den herausfordernden Blick nicht von ihm und entließ ihn so nicht aus seinem Erklärungsnotstand.

Bergmann versuchte ein Ablenkungsmanöver.

„Sagen Sie, ist das eigentlich Ihr richtiger Name?"

„Ja", presste Jasmin mit beinahe komplett zusammengedrückten Lippen heraus. Und immerhin war das ja auch nur halb gelogen, denn sie hieß tatsächlich Jasmin. De la Roché war natürlich ein Künstlername. Das klang einfach besser als Wiedemann.

Und sie wollte es schließlich zu etwas bringen.

Jasmins Tonfall verriet indes, dass sie nicht auf Small Talk aus war. Sie wollte jetzt endlich wissen, was Herr Meier so dringend zu wissen begehrte.

„Es ist … recht schönes Wetter heute … also draußen … also jedenfalls … dann, wenn es nicht dauernd regnet …", stotterte Bergmann und versuchte weiter, sich aus der heiklen Situation zu befreien.

Da stupste Herr Griesbach ihn an. Mit dem rechten Zeigefinger, direkt aufs Knie.

„Nun fragen Sie doch ruhig … so schlimm kann es ja nun auch wieder nicht sein …", sagte er ermunternd.

Bergmann schaute sich Hilfe suchend um und wirkte dabei wie ein kleiner Junge, der gerade von seinen Kameraden aufgefordert wird, absichtlich mit einem Fußball eine Schaufensterscheibe zu zerschießen. Jasmin de la Roché starrte ihn von rechts weiter selbstbewusst an.

Daniela Kurtz, Hertha und Herr Griesbach waren längst viel zu neugierig, um auf seiner Seite zu sein. Und von Herrn Meier war in diesem Fall natürlich erst recht keine Hilfe zu erwarten.

Bergmann seufzte.

„Na gut, aber nur, wenn Sie mir versprechen, hinterher nicht mich, sondern Herrn Meier dafür verantwortlich zu machen. Ich möchte betonen, dass ich Sie das nicht gefragt hätte, verehrtes Fräulein." Jetzt wurde er noch etwas lauter: „Und zwar nie im Leben!"

„Also bitte", sagte Jasmin de la Roché mühsam beherrscht. Sie wollte es jetzt endlich hören.

Bergmann sammelte Mut.

„Also schön. Herr Meier möchte gerne wissen … es sind genau genommen nämlich zwei Dinge …"

„Und zwar?", sagte Jasmin ungeduldig, denn sie mochte es nun endgültig nicht länger abwarten.

„Also", sagte Bergmann. „Das erste ist … ob es vielleicht möglich sein kann, dass Herr Meier Sie schon mal im Fernsehen gesehen hat?"

Jasmin lächelte erleichtert.

„Das war's schon?" Aus ihrem Lächeln wurde ein Lachen. „Ja, das kann sogar sehr gut sein. Ich bin nämlich Schauspielerin."

Nun zögerte sie.

Dass sie nur ganz gelegentlich ein paar schlecht bezahlte Nebenrollen in dämlichen Vorabend-Seifenopern und billigen Gerichtsshows hatte, konnte sie natürlich nicht zugeben. Dafür hatte sie viel zu lange gekämpft und zu sehr an ihrer Fassade gearbeitet. Der Tag heute, dieses Casting für den Spielfilm in Köln, ja, der konnte endlich alles verändern. Aber bislang war die beste Rolle, die Jasmin je gehabt hatte, die ihres eigenen Wunschbildes.

Sie überspielte den Moment der inneren Unruhe mit einem selbstsicheren Lachen.

„Und das Zweite? Die wirklich heikle Frage?", säuselte sie und betonte dabei das Wort heikel bewusst erotisch.

„Also, ich glaube, das *kann* ich nicht", sagte Herr Bergmann eingeschüchtert.

„Nun geben Sie sich schon einen Ruck, mein Lieber", sagte Hertha Griesbach aufmunternd und gab ihm einen koketten Stupser, wieder ans rechte Knie.

„Es ist dieser bezaubernde Duft …", kam es Bergmann endlich über die Lippen. Dabei schloss er genießerisch die Augen und atmete tief ein.

„Wir beide … also Herr Meier und ich haben es gleich bemerkt, als Sie hereinkamen …"

Alle Mitreisenden lächelten erleichtert und verständnisvoll. Natürlich fand niemand die Frage wirklich schlimm oder zu indiskret. Jedenfalls nicht mehr. Vor zwei Stunden wäre das vielleicht noch etwas anderes gewesen. Auch Jasmin lächelte weiter.

„Sie wollten also die ganze Zeit bloß wissen, welches Parfum ich benutze? Das ist alles?"

Sie ließ sich mit einem übertriebenen Ruck in den Sitz fallen und lachte lauthals. Die anderen ließen sich anstecken und fielen in das Gelächter mit ein. Auch Richard Bergmann lachte nun erleichtert mit.

Nachdem etwa eine Minute des Lachens und Kicherns vergangen war, sammelten sich die Fahrgäste wieder.

„Jil Sander", sagte Jasmin.

Es entstand ein ganz kurzer Moment des erwartungsvollen Schweigens.

„Jil Sander … oh, ja, das riecht auch wirklich wundervoll …", sagte Bergmann, als wäre er nicht recht verstanden worden, „aber … also … das ist nicht der Duft, den Herr Meier meinte …"

Das Lächeln auf den Gesichtern verblasste.

Jasmin schaute ihn fragend an.

„Wie bitte?"

„Also, bitte verstehen Sie das nicht falsch … aber die Frage bezog sich nicht auf Ihr Parfum, obwohl das ja auch … wirklich ganz wundervoll riecht …"

Bergmann schaute sich wieder unsicher um, als hätte er bemerkt, dass er aus dieser Bredouille ohne die ganze Wahrheit nun endgültig nicht mehr herauskommen würde.

„Worauf bezog sich die Frage denn dann?", fragte Jasmin neugierig und etwas unsicher nach.

„Es ist der bezaubernde Duft, der von Ihnen ausgeht. Der Duft, den Ihr Wesen versprüht."

Jasmin zuckte innerlich zusammen.

Niemand sagte etwas.

Bergmann flüsterte Herrn Meier etwas zu und verdrehte dabei die Augen. Dann wandte er sich wieder an die sprachlose Jasmin de la Roché und begann mit milder, aber entschlossener Stimme, die reine Wahrheit zu sagen.

„Sie tragen den Duft der unschuldigen Schönheit in sich, Fräulein Jasmin. Es ist der Duft, den nur die schönsten und wertvollsten Frauen der Welt verströmen, der Duft der Königinnen aus einer anderen, fernen Welt, deren innerer Wohlgeruch nicht durch die Grenze der menschlichen Haut aufgehalten werden kann … es ist der Duft eines goldenen, eines glänzenden, paradiesischen Elixiers … auf so wundervolle, himmlische Weise schöner als jedes Parfum der ganzen Welt es je sein könnte … es ist der Duft der Liebe, der Sie umweht … und Sie tragen ihn so reich an sich … als wären Sie mit himmlischem Gold bestäubt …"

Jasmin schluckte und es gelang ihr nur mit Mühe, die Tränen der tiefen Rührung über Bergmanns Worte zurückzuhalten.

Hertha und Daniela gelang das nicht, obwohl sie sich auch mühten, und sie beide begannen, leise zu weinen. Auch Herr Griesbach spürte, wie seine Augen feucht wurden. Er nahm Herthas Hand.

„Entschuldigen Sie bitte", sagte Bergmann leise zu Jasmin.

Ein Moment der Stille. Jasmin lief eine einzelne Träne über das Gesicht und verursachte eine Furche in ihrem dicken Make-up. Hertha Griesbach reichte ihr ein Taschentuch und Jasmin tupfte sich die Träne ab.

„Das ist ... das ist schon in Ordnung", sagte sie und hatte noch mehr Schwierigkeiten, den Fluss der Tränen zurückzuhalten, der nun kräftig gegen den Staudamm ihrer Seele drückte. Sie tupfte erneut.

„Oh, und dann hat Herr Meier noch gesagt", ergänzte Bergmann noch, „... dass Sie jede Rolle bekommen werden, die Sie zu haben wünschen, wenn Sie sich nur immer daran erinnern, wie wundervoll und lieblich Sie duften, Fräulein de la Roché."

Ein weiterer Moment des Schweigens erfüllte das Abteil.

Plötzlich ertönte eine blecherne Frauenstimme aus dem Abteil-Lautsprecher: *Verehrte Fahrgäste, in wenigen Minuten erreichen wir Köln. Wir bedanken uns bei allen aussteigenden Fahrgästen für Ihre Reise mit der Deutschen Bahn und wünschen Ihnen einen schönen Aufenthalt in Köln oder eine angenehme Weiterfahrt. Auf Wiedersehen.*

Bis auf Herrn Bergmann standen alle Reisenden im Abteil auf und begannen, wie in einer angenehmen Trance, ihr Gepäck aus den Ablagen zu nehmen, ihre Jacken anzuziehen und sich zum Aussteigen bereit zu machen. Jasmin tupfte dabei weitere einzelne Tränen aus ihrem Gesicht und Hertha konnte irgendwie nicht aufhören, Herrn Bergmann dankbar anzuschauen. Herr Griesbach war derweil damit beschäftigt, nicht unter dem Gewicht des riesigen Koffers seiner Frau zusammenzubrechen. Daniela zupfte ihre Bahnuniformjacke zurecht und hoffte, dass niemand bemerken würde, dass sie schon seit Bremen desertiert war und keinen einzigen Fahrschein mehr gestempelt hatte.

„Na so was", sagte Herr Bergmann zu Herrn Meier. „Das ist ja mal was … alle bis auf uns beide steigen hier in Köln aus … ja, nein, wieso, die Frage verstehe ich nicht … nein, wie schon gesagt, wir beide fahren ja noch weiter bis Mainz … nein, nicht ganz zwei Stunden, etwas weniger … die Strecke soll ganz herrlich sein. Ja, genau, direkt am Rhein entlang! … ja, sogar die Loreley … schön, nicht wahr?"

„Leben Sie dort? In Mainz, Herr Bergmann?", fragte Herr Griesbach im Stehen, während der EC 306 die Rheinbrücke überquerte und man durch das Seitenfenster des Abteils einen ersten Blick auf den Kölner Dom erhaschen konnte.

„Oh, nein", antwortete Bergmann und lächelte dabei wieder dieses gewinnende Lächeln. „Wir werden dort in der Nähe für ein paar Monate in einer ganz besonderen Klinik wohnen, Herr Meier und ich. Es soll dort sehr schön sein. Meine Familie hat das liebenswerterweise für mich arrangiert. Und Herr Meier begleitet mich natürlich dabei. Nicht wahr, Herr Meier?"

Er lächelte den leeren Sitz an.

Hertha Griesbach richtete sich auf und konnte ihre Mischung aus Neugier und tiefem Mitgefühl für Herrn Bergmann jetzt nicht verhehlen.

„In eine Klinik? Aber mein Lieber, mein Gott ... warum denn? Sind Sie etwa krank?"

„Nein, nein, um Gottes willen, Frau Griesbach ...", sagte Bergmann. „Ich möchte nur meiner Familie gern den Gefallen tun, weil sie sich doch alle so um mich sorgen, verstehen Sie? Meine Mutter etwa, sie ist wirklich sehr sensibel und grämt sich leicht. Das war schon immer so. Und kürzlich hat ein besonders guter Arzt zu meiner Mutter gesagt, ich und Herr Meier, also, wir seien möglicherweise eine Gefahr für uns selbst und auch andere ..." Bergmann lachte jetzt und knuffte seinen unsichtbaren Sitznachbarn kräftig in die Seite. „Haha ... gefährlich ... na, ich weiß nicht ... ausgerechnet wir beide? Haha ... nur weil nicht jeder Herrn Meier gleich sehen kann ..."

Nun meldete sich auch Herr Griesbach noch einmal zu Wort.

„Also ... sagen Sie mal, Herr Bergmann ... und bitte entschuldigen Sie, wenn ich das so offen frage ..."

„Ja, aber natürlich, nur zu, Herr Griesbach", ermutigte Bergmann ihn, charmant wie immer.

„Würden Sie sagen ...", stammelte Griesbach zögerlich, „also ... dass ... würden Sie denn sagen, dass Herr Meier ein ganz normaler Mensch ist ...?"

Bergmann lächelte mild und schaute Herrn Meier eine Weile berührt und mit dem Ausdruck tiefster Freundschaft an.

„Ein ganz normaler Mensch? Na ja ... ich weiß gar nicht ... nein, wohl eher nicht, nicht wahr, Herr Meier?"

Der Zug kam zum Stehen. Herr Bergmann stand auf, reichte nacheinander Herrn und Frau Griesbach, dann Daniela Kurtz und schließlich Jasmin de la Roché die Hand, machte trotz der Enge im Abteil einen formvollendeten Diener und verabschiedete sie. Jasmin verharrte einen Moment, schaute ihm in die Augen, dann ließ sie sich für einen sehr kurzen Moment in Bergmanns Arme fallen, bevor sie wortlos und schnell das Abteil verließ.

„Auf Wiedersehen, Herr Bergmann", sagte Hertha mit einer Herzenswärme, die sie selbst seit mehr als vierzig Jahren nicht in sich gespürt hatte. „Es war wirklich ganz entzückend, Ihre Bekanntschaft zu machen."

„Ganz meinerseits, gnädige Frau", sagte Bergmann und machte erneut einen höflichen Diener.

„Oh, und auf Wiedersehen, Herr Meier", sagte Hertha und nickte dabei den leeren Sitz am Fenster an.

„Ja, auf Wiedersehen, meine Herren", sagte nun auch Herr Griesbach, „eine schöne Reise noch und alles Gute für Sie beide!"

„Für Sie auch, danke", sagte Bergmann.

Über die Lippen von Daniela Kurtz huschte ein kurzes, bewegtes „Danke". Sie nickte Bergmann dabei zu und schloss sich dann hastig den Griesbachs an, die soeben das Abteil verließen.

Es stieg niemand zu. Und so fuhren Herr Bergmann und Herr Meier ganz allein weiter am schönen Rhein entlang, die knapp zwei Stunden von Köln nach Mainz, wo sie beide am Gleis von einem überaus schlecht gelaunten Krankenpfleger bereits erwartet wurden. Als sie dann aber schließlich an ihrem Reiseziel ankamen – in dieser schönen Klinik am Fuß des Berges, nach einer kleinen Autofahrt von vielleicht nur 20 Minuten – da war der Krankenpfleger schon gar nicht mehr so schlecht gelaunt.

Warum auch immer, aber irgendetwas hatte sich in ihm während der kurzen Fahrt auf überaus geheimnisvolle Weise verändert.

Seine Kollegen sprechen noch heute davon, dass er hinterher behauptete, an diesem Tag einem echten Engel begegnet zu sein.

Der Tag des Schmetterlings

Hubert Kaminski war auf dem Weg zur Arbeit. Er machte den Job als Deutsch-Polnisch-Übersetzer von Versandkatalogen jetzt schon seit sechs Jahren. Er war relativ zufrieden, denn das alles hätte auch anders, noch viel schlimmer ausgehen können, damals, als die Scheidung ihn beinahe alles gekostet hatte. Er hatte Rita und den drei Kindern so viel Unterhalt zahlen müssen, dass es ihm zunächst den inneren Antrieb, und später auch den Job in der Firma geraubt hatte. Die drei Jahre der Arbeitslosigkeit waren schlimm für ihn gewesen. Er hatte sich nutzlos und ausgebrannt gefühlt. Dann war die Ordnung Stück für Stück in sein Leben zurückgekehrt. Seine kurze Liebschaft mit Brigitte (die sich dann leider als Strohfeuer entpuppte, als Brigitte sich doch für den Unternehmensberater mit dem schicken Auto entschied) hatte immerhin ein paar seiner Lebensgeister wieder geweckt. Dann hatte er seine Wohnung bekommen, von der er direkt in seine Lieblingskneipe und, noch wichtiger, auch zu Fuß wieder zurückgehen konnte. Ja, die Wohnung war in Ordnung. Nichts Tolles, eben bescheidene 34 Quadratmeter unterm Dach, aber immerhin. Ein eigenes Reich. Und Hubert besaß ja auch sowieso nicht mehr viel. Ein paar der alten Werbe-Blechschilder, die er früher gesammelt hatte, zierten die Wände. Wenn mal selten und zufällig jemand zu Besuch kam, zögerte Hubert nie lange, zu erwähnen, dass es Originale waren, „und nicht diese billigen Kopien, die man jetzt überall kaufen kann". Das war ihm schon wichtig.

Die seltenen Blechbilder waren für ihn ein Symbol. Er war nicht komplett gescheitert. Er hatte auch schon etwas Besonderes geleistet. Und auch er war ja ein Original, keine Kopie. Wenn er seine Blechschilder betrachtete, war ihm das bewusst. Sie hatten ihm dabei geholfen, seine Selbstachtung nicht zu verlieren. Und dann hatte er den Job bekommen und übersetzte eben seit einigen Jahren diese Werbekataloge für Haushaltsartikel und irgendwelchen Plastikkitsch für dieses Mittelstandsunternehmen, dessen Chef sich in den Kopf gesetzt hatte, dass die polnischen Hausfrauen mindestens ebenso empfänglich für seine Vertriebsprodukte sein würden wie die deutschen. Es schien zu funktionieren. Immerhin hatte Hubert ordentlich zu tun. Dass er noch polnisch sprechen konnte, verdankte er seiner Mutter. Die hatte, sehr zum Ärger seines deutschen Vaters, darauf bestanden, dass ihre Kinder zweisprachig aufwachsen. Früher hatte Hubert den Klang seiner Muttersprache gehasst. Heute dankte er Gott dafür, dass die alte Dame eine so autoritäre Person war. Sein Vater hatte unter ihrer Dominanz so sehr gelitten, dass er es wohl vorzog, mit 47 Jahren die Flucht anzutreten und an einem Herzinfarkt zu sterben.

Auch Hubert hatte es natürlich schwer mit der Art seiner Mutter. Er fühlte sich schlecht, weil er sie nicht öfter besuchte. Andererseits war es einfach zu anstrengend für ihn, denn er konnte ihre ewigen Vorwürfe, dass er „selbst schuld" sei an allem und „immer alles ganz falsch angestellt" habe, nur dann wirklich ertragen, wenn er innere Stärke spürte. Und das war eben nicht so oft. Er ging lieber in die Kneipe und schenkte sich ordentlich ein. Manchmal dachte er dabei an die katholischen Gottesdienste seiner Kindheit. Er erinnerte sich dann an den dreiundzwanzigsten Psalm, in dem es ja heißt: *Du salbest mein Haupt mit Öl und schenkest mir voll ein.* Dann musste Hubert immer lächeln, denn er fühlte sich Gott in diesen Momenten wirklich näher als sonst. Ansonsten verstand er nicht gerade viel von Gott, sofern es den überhaupt gab. Und er tröstete sich damit, dass er mit diesen Zweifeln ja nun *weiß Gott* nicht der Einzige war. Hubert Kaminski war sich darüber bewusst, dass er eigentlich ein ganz schön trauriger Mensch war. Aber ihm war auch bewusst, dass er gleichzeitig auch ein *ganz normaler* Mensch war. Er konnte das wenige Gute, das ihm geschah, tatsächlich als solches erkennen und folgerichtig auch immer wieder genießen. Zum Beispiel die Blechschilder, seine Wohnung und die Kneipe. Die innere Leere, die er dennoch stets mit sich herumtrug, hatte er erkannt und einfach zu akzeptieren gelernt.

Kaminskis Weg zur Arbeit an diesem Tag war wie immer. Während er stadtauswärts durch das Industriegebiet zu dem Büro ging, traf er wie üblich keine Menschenseele. Viele der Fabriken und Lagerhallen waren ja längst stillgelegt. Gelegentlich kam ihm ein Auto entgegen. Abends standen hier immer die osteuropäischen Bordsteinschwalben, dann hielten die Autos auch schon mal an. Aber nicht tagsüber. Da rauschten sie an einem vorbei, als wären sie auf der Flucht. Vielleicht waren sie das ja auch wirklich, aber das interessierte Hubert nicht. Sollten die anderen doch machen, was sie wollen. Er war an diesem Tag ganz zufrieden. Vielleicht würde es noch besser werden, irgendwann. Vielleicht auch nicht, dann würde es ihm eben genügen, wie es war.

An diesem Tag aber geschah plötzlich etwas Außergewöhnliches. Ein Schmetterling flog neben Hubert her. Erst in einiger Entfernung, dann etwas näher. Er flog ein paar hübsche Pirouetten, fast so, als wollte er den einsamen

Spaziergänger auf sich aufmerksam machen. Hubert nahm ihn wahr. Erst beiläufig, dann intensiver. *Er ist so hübsch*, dachte er. *Diese Farben sind herrlich. Falls es Gott wirklich gibt, ist er ein großartiger Maler.*

Kaminski begann, sich an dem Schmetterling zu freuen. Und war es nicht wirklich ganz schön ungewöhnlich, dass der kleine Kerl immer weiter neben ihm herflog? Ja, bestimmt war es das. Vielleicht bedeutete es sogar etwas? Aber wenn ja, was? Er beschloss, nicht weiter drüber nachzudenken, sondern sich einfach an dem Anblick des geflügelten Freundes zu erfreuen.

Hubert ging weiter, der Schmetterling folgte ihm. Kam etwas näher, flog dann wieder eine Runde um die Mauern und Zäune der alten Fabriken, tanzte ein wenig, kehrte zurück. Hubert lächelte. Er überlegte kurz, ob er wohl etwas sagen sollte. Aber das kam ihm doch sehr versponnen vor. *Ich? Mit einem Schmetterling reden? Na, so weit kommt das noch.* Und dann tat er es doch.

„Hallo, ich bin Hubert und wer bist du?", sagte er zu dem ausdauernd im Wind tanzenden Schmetterling. Der antwortete natürlich nicht. Aber er kam immerhin wieder näher und flog nun dicht um Huberts Schultern herum.

„Willst du mir vielleicht was sagen?", sagte Hubert freundlich und lächelte über sich selbst. Er war ganz froh, dass niemand außer ihm hier war. *Man muss wohl ein ganz schöner Spinner sein, um mit einem Schmetterling zu reden, oder?*

Der Schmetterling schien nun noch wilder und fröhlicher um seine Schultern herumzutanzen. Hubert blieb stehen. Warum er das tat, wusste er nicht. Er tat es einfach. *Vielleicht ist es ja das, was er will?*

Der Schmetterling drehte noch eine Pirouette, schien

sich für einen Moment zu entfernen und Huberts hoffnungsvolle Gedanken einfach im Flug mitzunehmen. Doch dann kam er zurück. Und setzte sich tatsächlich ganz behutsam auf Kaminskis linke Schulter.

Was nun geschah, hätte Hubert mit Worten im Leben nicht beschreiben können. Eine nie zuvor erlebte Wonne durchströmte ihn. Ihm war, als hätte der Schmetterling eine ungeheure Kraft und er begann leise zu zittern. Dann seufzte er. *Meine Güte, was ...?* Der Schmetterling ließ sich friedlich auf der Schulter nieder. Er senkte ganz sanft seine Flügel hinab, sodass auch sie Huberts Schulter touchierten, ganz so, als hätte er Hubert ausgesucht, um eine Flugpause zu machen und für eine Weile auf diesem Körper Ruhe zu finden. Eine unerlebte Welle der Liebe durchflutete Hubert. Es war nicht nur sein Körper, den der Schmetterling mit seinem kleinen Leib berührte, es war viel mehr. Er trug etwas mit sich, das Huberts Seele jäh zu verändern schien. *Mein Gott,* seufzte Hubert still, *oh, mein Gott, es ist ... es ist ... das ist wohl unglaublich ... die Liebe ... wie geschieht mir denn? ...*

Nein, Worte hätten nie gereicht, zu illustrieren, was Hubert Kaminski in diesem Moment geschah. Sein altes Leben, diese innere Leere, seine Blechschilder, sein Job, Rita, die Kinder, Mutter, die Kneipe, dieser Weg, all das wurde in dieser Sekunde in Schranken verwiesen, von denen Hubert bis eben nicht mal gewusst hatte, dass sie überhaupt existierten.

Hubert stöhnte vor Wonne. Das war zu viel, und gleichzeitig, nein, das war nicht zu viel, das war unbeschreiblich herrlich, es war himmlisch, eine göttliche Botschaft. Hubert spürte *Gott* und er wusste es. Er gab sich dem Moment hin, ohne nachzudenken. Das verstärkte die Flut seiner Empfindungen nur noch. Er schloss die Augen und spürte, wie die Berührung des wundervollen Schmetterlings ihn erneuerte. Er gab sich hin. Sein Herz schlug ruhig und mit jedem Schlag schien es im hohen Bogen irgendeine Last der Vergangenheit abzuwerfen. *Ich möchte lieben*, dachte Hubert, *endlich lieben*.

So stand Kaminski einige Minuten schweigend da. Ohne irgendeinen Gedanken, ohne Last, ohne das Gewicht, das sein Leben ihm auferlegt hatte. Das einzige Gewicht, das er spürte, war das des Schmetterlings. Und das war so leicht, so wundervoll, *einfach wundervoll, nur wundervoll, nur wundervoll*. Der Schmetterling rührte sich nicht. Er war einfach da. Und es schien auch ihm zu gefallen. Die Welt stand still. Und nichts hätte die Kraft gehabt, diesen Moment zu zerstören. Es war ein Wunder. Der Schmetterling wusste es, denn er hatte es mitgebracht. Kaminski wusste es auch, denn er war es ja, der es erlebte.

Dann, nach einer Weile, begann Hubert nachzudenken. Eigentlich wollte er es gar nicht, er versuchte sogar, es zu unterdrücken. *Nein, nicht denken*, durchzuckte es ihn, aber er konnte es nicht verhindern. Er dachte.

Ich erlebe hier ein Wunder. Es ist ein echtes Wunder. Ich bin auf dem Weg zur Arbeit und ein Schmetterling fliegt neben mir her und er setzt sich auf mich und ... es ist ja ganz unbeschreiblich ... seit er auf mir sitzt, spüre ich die gesamte Liebe der Schöpfung. Gott selbst hat mir diesen Schmetterling geschickt. Ja, natürlich! Es ist Gott ... er hat all die Gebete erhört, die ich nie auszusprechen gewagt habe ... er schenkt mir voll ein ... auf Seine Weise ... Er liebt mich ... dieser Schmetterling ... ist das Gott selbst? ... Ja, vielleicht ... vielleicht auch nicht ... ich ... mein Gott ...

Hubert widerstand dem Impuls, auf die Knie zu fallen.

Nein, das darf ich nicht riskieren. Wenn ich auf die Knie falle, wird sich der Schmetterling erschrecken und wegfliegen ... aber er darf nicht wegfliegen ... er darf ... überhaupt nicht mehr wegfliegen ... nie wieder ... ich muss ...

Huberts Gedanken begannen wild zu kreisen.

Ich ... es ist ein so wundervolles Geschenk ... Gott hat mich ausgesucht ... mich beschenkt ... es ist ... ich kann es gar nicht fassen ... Grundgütiger ... diese Liebe ... ich ... kann nicht ... ich ... er darf nicht wegfliegen ... was sollte ich dann tun? ... nein, ich ...

Nie zuvor im Leben war Hubert Kaminski so sehr von etwas überzeugt. Dieser Schmetterling war Gott, war die Liebe, das Leben. Er veränderte alles. Er gab Hubert die Macht zu lieben, die Kraft, ein neues Dasein zu finden. Er wusste es. Er würde ganz neu beginnen, er selbst sein, endlich frei sein und vor allem: *Frei bleiben.* Das durfte ihm niemand mehr nehmen. Schon gar nicht er selbst. Die Worte seiner Mutter kamen zurück. *Du hast alles falsch gemacht, Hubert.* Ja, vielleicht hatte sie recht, aber das würde ja nie wieder passieren. Das hier, das würde er nicht falsch machen. Das nicht!

Hubert stand eine Weile ganz ruhig da und dachte konzentriert nach.

Was tun, was tun, was tun? Keinen Fehler machen.

Das Gefühl, das der Schmetterling in ihm auslöste, war weiterhin da. Vielleicht nicht mehr ganz so stark wie zuvor, aber es war da.

Ich werde ganz vorsichtig versuchen, ihn ...

Hubert bewegte seinen rechten Arm langsam. Er schob

ihn an seiner Brust hinauf in Richtung linker Schulter, ganz sachte. Er wusste, dass er den Schmetterling nicht erschrecken durfte. Seine Hand näherte sich in Zeitlupe dem kleinen Wunderbringer.

Ja, das wird funktionieren … ich muss einfach nur ganz vorsichtig …

Als Huberts Hand den Schmetterling beinahe erreicht hatte, machte dieser eine kleine Bewegung, als wolle er abheben und davonfliegen. Hubert erschrak und zuckte unmerklich. Dabei nahm er die Hand schnell zurück und ließ seinen Arm in einer fließenden Bewegung wieder hinabsinken.

Nein, so geht es nicht. Er wird sich erschrecken und einfach wegfliegen. Ich muss mir was anderes ausdenken.

Dann fiel Hubert etwas ein. In dem Beutel, den er dabeihatte, waren ein paar Dinge, die er eigentlich immer dabeihatte. *Das Teesieb!* Er benutzte es im Büro immer, um sich seinen Pfefferminztee zuzubereiten. *Ja, das könnte vielleicht klappen.* Aber wie sollte es halten? Vielleicht mit dem Tesafilm, den er gerade heute ganz zufällig mitgenommen hatte, weil er ja den Brief an Mutter noch zukleben wollte. Er hatte ihr gestern geschrieben, eigentlich nur so, einfach um ihr zwischendurch einen kleinen Gruß zukommen zu lassen. Tatsächlich wollte er nur vermeiden, mit ihr zu telefonieren. Das konnte sich jetzt als echter Segen herausstellen. Ja, alles machte Sinn. Der Schmetterling, das Teesieb, der nicht abgeschickte Brief, die kleine Rolle Tesafilm. Hubert griff ganz vorsichtig in seine Tasche. Er machte dabei keine allzu raschen Bewegungen. Er tastete nach den Gegenständen, die er brauchte. Er fand sie, nahm zunächst das Teesieb und holte es vorsichtig hervor. Dabei rasten seine Gedanken und auf seiner Stirn bildeten sich erste Schweißperlen.

Ich muss das Teesieb ... ganz vorsichtig ... über ihn legen ... aber wie soll ich dann noch an den Tesafilm kommen? Ich muss ja das Sieb mit der rechten Hand festhalten, sonst fällt es runter ... aber ... nein, doch, das wird gehen ... ich werde es schaffen, das Klebeband danach mit der freien Hand zu nehmen und zwei lange Streifen abzuziehen ... die werde ich dann einfach abbeißen ... und über das Teesieb kleben ... ja, es wird ... es muss ...

Erneut ließ Hubert seinen rechten Arm an seinem Körper hinaufgleiten, diesmal mit dem Teesieb. Der Schmetterling rührte sich nicht.

Gut so, dachte Hubert. *Keine Angst, ich tu dir nichts, mein wunderbarer, kleiner Freund ...*

Ganz langsam näherte sich das Sieb dem Schmetterling. Dann, mit einer gleichsam vorsichtigen, aber entschlossenen Bewegung ließ Hubert es gezielt hinab.

Ja! Ich hab ihn! Ich hab ihn!

Der Schmetterling saß nun unter dem Sieb. Er bewegte die Flügel, blieb aber sitzen. Hubert seufzte erleichtert.

Ich habe ihn nicht mal berührt. Oh, wie wundervoll es sich anfühlt, dass er sitzen geblieben ist. Bestimmt wollte er gar nicht wegfliegen. Er hat mich ja immerhin ausgesucht. Ich habe mir zu viele Sorgen gemacht. Oder nicht? Wie könnte ich da sicher sein? Ich weiß nur, dass er nicht wieder wegfliegen darf ...

Es gelang Hubert, das Teesieb mit dem Tesafilm auf seiner Schulter zu fixieren. Natürlich würde diese erbärmliche Konstruktion auf den Textilien nicht lange halten. Hubert beschloss spontan, heute nicht zur Arbeit zu gehen. Er musste nach Hause, in sein Reich, und sich dort in Ruhe überlegen, wie es ihm gelingen konnte, den Schmetterling für immer zu behalten. Er machte kehrt, den Schmetterling unter dem festgeklebten Teesieb auf seiner Schulter. Vorsichtshalber hielt er während des ganzen Rückwegs zusätzlich seine Hand schützend über den Wunderbringer. *Ob das ein Engel ist?*, dachte Hubert mehrmals, als er schneller als sonst zu seiner Wohnung trabte. *Ja, vielleicht ein Engel ... oder Gott selbst, wer weiß ... was für eine unglaubliche, erfüllende Kraft ...*

In seiner Wohnung angekommen, ließ sich Hubert in seinen Lieblingssessel unter der Dachschräge fallen. Den ganzen Tag saß er so da. Er dachte weiter angestrengt nach. Das schöne Gefühl, das der Schmetterling ihm verschafft hatte, war noch da. Nein, lange nicht mehr so stark wie im ersten Moment, aber doch beeindruckend genug.

Es liegt vielleicht daran, dass ich so konzentriert bin ... sein muss ... wenn ich eine Lösung gefunden habe, wie ich ihn dauerhaft behalten kann, ohne fürchten zu müssen, dass er wegfliegt, wird das Gefühl sicher sofort in voller Pracht zurückkehren ... so, wie es vorhin war ... es ist so ... oh, mein Gott ... ich ...

Hubert hätte vor Wonne lächeln wollen, aber es gab gerade wirklich Wichtigeres.

Er stand auf, nahm ein kräftiges Paketklebeband aus einer Schublade und ersetzte vorsichtig die zarten Tesafilmstreifen. Dabei passierte es ihm, dass er dem Schmetterling für einen Moment das Licht nahm. Er begann zu flattern. *Mein Gott, wäre jetzt nicht das Teesieb gewesen*, dachte Hubert, *er wäre garantiert weggeflogen ...*

Ein Schrecken durchzuckte ihn.

Ich darf nicht so leichtsinnig sein.

Das Flattern bewies ja, dass der Schmetterling doch

nicht um jeden Preis bleiben wollte. Hubert wurde etwas schwindelig. Nachdem er das Paketband so angebracht hatte, dass es nur die Ränder des Teesiebs bedeckte und dem Wunderbringer so nicht mehr das Licht nahm, ließ er sich wieder in den Sessel fallen. Der Schmetterling hatte aufgehört zu flattern und saß wieder ganz friedlich da.

Hubert nickte ein. Eine Stunde oder zwei. Dann wachte er schweißgebadet auf. Was sollte er nur tun? Er dachte nach und dachte nach, aber ihm fiel einfach nichts ein. Es hätte ja keinen Sinn gehabt, ein Stück Papier unter das Teesieb zu schieben, und den Schmetterling vorübergehend in einer Kaffeedose oder einem Glas aufzubewahren. Hubert war sich absolut darüber im Klaren, dass es unerlässlich war, den Schmetterling direkt auf sich zu spüren. *Das* war es ja gerade. *Das* war seine Kraft. Es war die *Berührung*, die alles verändert hatte.

Hubert nickte wieder ein und wachte wieder auf. Die Nacht war angebrochen. Er war innerlich erregt, in einem Zustand, den er noch nie empfunden hatte. Das Gefühl von vorhin, ja, das war noch da, irgendwie, jedenfalls wenigstens die Erinnerung daran, aber da war auch etwas anderes: Angst, schreckliche Angst. Hubert konzentrierte sich auf seine Atmung und versuchte, sich zu beruhigen. Aber es gelang ihm nicht. Er fühlte Panik in sich aufsteigen, wie Lava in einem Vulkan. Von seiner Stirn lief der Schweiß über seine Wangen, bis in seinen Hemdkragen.

Es gibt ... nur eine Lösung, sagte Hubert leise zu sich selbst und stand auf. Er ging rüber zu der Schublade mit dem unsortierten Kleinkram, öffnete sie und begann darin herumzufingern. Er ertastete das Kästchen mit den Nähnadeln, nahm eine heraus und holte tief Luft.

Es muss ganz schnell gehen. Ich ziehe das Klebeband ab und hebe das Sieb ganz sanft zur Seite und dann werde ich im richtigen Moment ...

Er blieb stehen und begann, seinen schrecklichen Plan auszuführen. Er löste das Klebeband, dann schob er das Sieb gerade so zur Seite, dass der Schmetterling nicht fliehen konnte, obwohl er es mit aller Kraft versuchte. Er flatterte wild mit seinen kleinen Flügeln, aber er hatte keine Chance mehr, zu entkommen. Hubert hatte die Nadel von der Seite gezielt genau in die Mitte seines zierlichen Körpers gestochen. Der Schmetterling machte ein paar letzte, verzweifelte Flügelschläge, dann starb er.

Hubert war schweißüberströmt. Ein Fieber überkam ihn, als er den durchbohrten Schmetterling mitsamt der Nadel schockiert auf den Boden fallen ließ. Er fühlte sich, als wäre plötzlich der Wahnsinn aller menschlichen Generationen und aller Zeiten in ihn gefahren, schüttelte sich wie ein Epileptiker, dann verkrampfte er und brach schließlich wie erstarrt zusammen.

Was habe ich getan? Mein Gott, was habe ich getan? ... Aber ich musste es doch tun, er wollte ja fort ... er wollte mich verlassen ... er wollte mir das schönste Geschenk wieder nehmen ... mich berauben, mich quälen ... ja, zu Tode quälen wollte er mich ... entweder er oder ich ... ja, so war es ... er oder ich ... aber ... diese Liebe ... mein Gott ... ich ...

Huberts Körper lag weiterhin bizarr erstarrt auf dem Boden, aber seine Gedanken rasten immer schneller. Er schaffte es mit größter Mühe, seinen Arm auszustrecken und den toten Schmetterling zu greifen. Er entfernte die Nadel, zog den leblosen kleinen Körper an sich heran, führte ihn zu seinem Mund und küsste die weichen Flügel. Dann starrte er ihn an, stundenlang, zwischendurch küsste und streichelte er ihn immer wieder. Die Schmerzen, die dabei mehr und mehr von ihm Besitz ergriffen, waren schlimmer als alles, was er je zuvor erlebt hatte.

Als die Morgensonne ihre Strahlen durch das Dachfenster schickte, fasste Hubert den ersten klaren Gedanken seit Stunden. Er hatte hohes Fieber und die Schmerzen waren nicht länger auszuhalten. Er spürte, dass er selbst sterben würde, wenn es ihm nicht gelänge, wenigstens hinunter auf die Straße zu kommen. Er brauchte Hilfe, *dringend Hilfe*. Also begann er zur Tür zu kriechen, den Schmetterling in der Hand, ganz so, wie ein verängstigtes Kind das geliebte Stofftier hält. Es gelang ihm, die Tür zu öffnen, dann ließ er sich die ersten Treppen hinunterfallen. Er kroch weiter, mit letzter Kraft von Treppenabsatz zu Treppenabsatz, ließ sich wieder rollen, es schmerzte, aber es war egal, ob er sich jetzt noch ein paar Knochen brach, er würde an diesem Fieber sterben, wenn er es nicht auf die Straße schaffte. Nach einigen quälenden Minuten war er unten angekommen. Er kroch zur Haustür, schob sie mit letzter Kraft auf und ließ sich die letzten sechs Stufen auf die Straße rollen. Den Schmetterling hielt er dabei weiter in der geschlossenen Hand. Er öffnete sie, um endlich wieder einen Blick auf seine wundervolle Schönheit zu werfen, diese Farbenpracht, die Gott selbst angemischt haben musste. Doch der Schmetterling war nur noch ein bizarrer Ballen toten Stoffs. Hubert hatte ihn während des Treppabmartyriums vollkommen zerquetscht. Er schloss die Augen. Dann verschloss er den Schmetterling wieder in seiner Faust und kroch weiter, bis zur nächsten Straßenecke. Dort war die Bäckerei und irgendjemand würde ihn sicher bemerken und gewiss einen Notarztwagen rufen.

Als Hubert um die Ecke kroch, stieß er stöhnend an einen anderen Körper. Er hob seinen Blick mit letzter Kraft und sah, dass der ganze Platz mit kriechenden, entkräfteten Leibern gefüllt war, alle in diesem Fieber, alle mit zu schrecklichen Fratzen verzerrten Gesichtszügen. Sie alle hatten wie er die Fäuste geballt und seufzten jämmerlich um Rettung aus ihrer Qual.

Dann, plötzlich, in der Entfernung, sah Hubert inmitten dieser menschlichen Schlangengrube einen einzelnen Mann aufrecht gehen. Er ging schnell durch dieses Höllenszenario, fassungslos, ohnmächtig mit den Erstarrten mitleidend. Auch ihm entfuhren Laute, doch es waren die verzweifelten Laute des Wissenden, der zu spät kam. Er kam direkt auf Hubert zu.

Hubert versuchte, etwas zu ihm zu sagen, aber es kam kein Ton über seine Lippen. Der Mann blieb vor ihm stehen, beugte sich zu ihm hinab, lagerte Huberts Kopf auf seinem Bein und strich ihm sanft den Schweiß von der Stirn.

„Mein Gott", sagte er mit brüchiger, tränenerstickter Stimme, „Sie Unglücklicher … warum haben Sie das nur getan …?"

Hubert bemerkte aus dem Augenwinkel noch den wunderschönen Schmetterling, der auf der Schulter des Mannes saß. *Diese prächtigen, unbeschreiblichen Farben*, dachte Hubert. Dann wurden seine Lider zu schwer, er gab ihrem Druck nach und sank langsam in die vom Fieber verursachte Ohnmacht, aus der er nicht mehr erwachen würde. Dabei hörte er die letzten Worte des Mannes, der ihm nicht mehr helfen konnte.

Sie fliegen ja nicht weg, wenn man ihnen erlaubt, zu tun, was ihnen gefällt! ... Sie fliegen nicht weg, hören Sie? ... Kommen Sie zurück ... Sie fliegen nicht weg! ... Sie fliegen nicht weg! ... Hören Sie doch ... sie fliegen nicht weg ...

Sonntagmorgen

Gebhard betrat erschöpft den Bahnsteig. Er hasste dieses ewige Reisen. Er wuchtete seinen Koffer aus dem Zug und ging Richtung Ausgang. Die Rolltreppe war kaputt und es fiel Gebhard schwer, sein Gepäck die Treppe hinaufzustemmen. Er war nicht mehr der Jüngste. Seit über 25 Jahren tat er das alles jetzt schon. Immer auf der Reise. Nie am Ziel. Jedenfalls schon gar nicht, seitdem Hannelore ihn verlassen hatte. Die beiden Kinder waren bei ihr geblieben und er hatte es nicht geschafft, den Kontakt aufrecht zu erhalten. Die Niederlage hatte ihn sprachlos gemacht. Und dann diese ganze Heimlichtuerei am Anfang. Es durfte ja all die Zeit niemand wissen, was wirklich geschehen war. Hannelore und er hatten sich darauf geeinigt, eine andere, etwas geschönte Version der Wahrheit zu präsentieren. Es war besser so. Dachten sie. In letzter Zeit kam es Gebhard immer öfter so vor, als wäre das der eigentliche Fehler gewesen. Dass Hannelore und er offiziell all die Jahre weiterhin zusammen waren, obwohl er längst seine eigene Wohnung hatte, die ganze Fassade, dieses ganze Lügengetue, es hatte langsam aber sicher auf den ganzen Rest seines jämmerlichen Lebens abgefärbt. *Wie eine Fliege im Sauerteig,* dachte er. Und lächelte zynisch. *Aus der einen Fliege sind schnell hundert geworden. Ach was, der ganze Teig besteht aus Fliegen.*

Gebhard verließ den Bahnhof mit seinem schweren Gepäck und studierte die Busfahrpläne auf dem Vorplatz. Er stellte fest, dass der richtige Bus gerade fort war und er nun noch eine geschlagene halbe Stunde Zeit hatte, bevor der Nächste kam. Er ließ seinen Koffer stehen und ging die fünfzehn Meter zu dem Bahnhofskiosk. Es begann zu regnen. Erst ein paar Tropfen, dann Bindfäden, dann junge Hunde.

„Zwei Underberg", sagte Gebhard, „und einmal Camel Filter Big Box, die Normalen."

Er zahlte und reagierte nicht auf das freundliche Lächeln des türkischen Kioskbetreibers. Auch dessen Bemerkung, dass er sich lieber schnell im Bahnhof unterstellen solle, nahm er nicht wirklich wahr. Er schlenderte zurück zu seinem Koffer. Das Bushäuschen verdiente die Bezeichnung nicht, denn es hatte kein Dach. Wahrscheinlich hatten es irgendwelche Randalierer einfach abgedeckt.

Gebhard öffnete eine der kleinen Flaschen und leerte sie in einem Zug. Er setzte sich auf die Wartebank und ließ sich resigniert nass regnen. Einige Versuche, sich eine Zigarette anzuzünden, scheiterten. Der Regen war so stark, dass nicht mal das Feuerzeug funktionierte. *Was soll's?*, dachte Gebhard, denn er wusste schon, dass selbst das Feuer der Hölle die vollgesogenen Zigaretten nicht mehr zum Brennen gebracht hätte. Er steckte die Schachtel in seine Hosentasche, bevor alle Zigaretten verloren sein würden, und leerte stattdessen die zweite Flasche. Dann lehnte er sich zurück und ergab sich seinen trüben Gedanken. Wo sollte er noch hin? Was macht ein Mann, der alles verloren hat, was ihm je wichtig war? Es waren ja nicht nur Hannelore und die Kinder. Es war nicht nur die Selbstachtung. Da war noch etwas, das viel schwerer wog, die Ursache des ganzen Schlamassels. Gebhard hatte seinen Glauben verloren. Wann? Er wusste es nicht mehr. Irgendwann. Irgendwo auf dem Weg. Er schüttelte den Kopf. Die letzten Strähnen seines schütteren Haars hatten dem Gewicht der Regentropfen nachgegeben und hingen ihm am Kopf wie die Fransen eines Wischmobs. Er lächelte geschlagen. *Das ist ein passendes Bild*, dachte er dabei. *Irgendjemand hat mir einen Wischmob aufgesetzt. Ich bin eine lächerliche Figur. Ein Clown. Aber niemand außer mir weiß es.* Er hob den Kopf und schaute ins unendliche, dicke Grau des Himmels. „Niemand?", sagte er laut. „Ja, niemand! Hörst du? Niemand! Ich glaube nicht mehr an dich, Gott. Du hast mir alles genommen. Du hast mich zum Clown werden lassen." Gebhard hielt einen Moment inne, als ob er eine Antwort hörte, die in Wirklichkeit aber gar nicht kam. „Ja, aber du hast es auch nicht verhindert!", sagte er. „Und das ist ja wohl das Mindeste! Das ist genau *das*, was ich nicht aus eigener Kraft konnte!" Er senkte den Kopf wieder. In seinen Augen bildeten sich Tränen, die sich nun mit dem Regen mischten und über seine Wangen liefen. Er schloss die Augen, um dem Regen allein die feuchte Herrschaft zu überlassen, aber es klappte nicht. Im Gegenteil, seine Tränen schienen unter den geschlossenen Lidern nur noch mehr Kraft zu gewinnen und fanden den Weg ins Freie ohne Mühe.

Als der Bus kam, war Gebhard völlig durchnässt. Seine Unterwäsche klebte an seinem Leib und seine Schuhe quietschten beim Einsteigen.

„Wie heißt die Haltestelle, an der das Hotel Jörgensen ist?", fragte er den Busfahrer.

„Wittmannstraße, zweisechzig bitte", sagte der Busfahrer emotionslos.

Gebhard ließ sich in einen leeren Sitz fallen und versuchte aus dem Fenster zu schauen, aber der Regen war zu stark und er konnte kaum etwas von der Gegend erkennen.

Seine Gedanken kreisten weiter. *Wie lange kann ich das noch durchhalten? Und was wäre geschehen, wenn ich damals die Wahrheit gesagt hätte? Ob Gott deshalb nicht mehr in mir ist? Weil ich gelogen habe? Ich habe so oft gelogen … als ich abstritt, bei der Prostituierten gewesen zu sein, als ich leugnete, Eheprobleme zu haben … das mit dem Trinken … als ich das alles eine Hetz-kampagne des Teufels nannte und alle mir glaubten … man muss den Teufel ja nur erwähnen, und schon glauben einem alle … als ich mir selbst sagte, alles würde sich von selbst erledigen … ich habe gelogen.. und ich lüge immer weiter, denn es ist keine Wahrheit mehr in mir … all die Jahre … die Lüge, die in mir ist, hat mich krank gemacht … jetzt bin ich selbst eine Krankheit … und doch … ist das, was ich tue …* Gebhard lächelte und schüttelte den Kopf. *Gott treibt seinen Spott mit mir … ich wünschte, ich …*

„Wittmannstraße", sagte die mechanische Computer-Frauenstimme über den Buslautsprecher mitten in seinen letzten Gedanken.

Gebhard stand auf und wuchtete seinen Koffer mit den Verkaufsexemplaren seiner Bücher aus dem Bus. Der Regen hatte nicht nachgelassen und begrüßte ihn mit der gleichen humorlosen Vehemenz, mit der er ihn in den Bus entlassen hatte. In etwa fünfzig Metern Entfernung blinkte über dem Eingang des Hotel Jörgensen eine Bierreklame.

„Es ist immer das gleiche gottverlassene Kaff und immer das gleiche gottverlassene, schäbige Hotel", murmelte Gebhard.

Er checkte in sein Zimmer ein. Es war etwas freundlicher und gepflegter als er erwartet hatte. Als er aus dem Fenster schaute, hörte der Regen auf. In der Ferne lag ein netter, grüner Park. Da waren Kinder, die sich untergestellt hatten und sich nun fröhlich ihren Spielplatz zurückeroberten. Zwei spärlich besetzte Freizeitfußballmannschaften kamen unter einer dichten Baumgruppe hervor und setzten ihr

Spiel fort. Gebhard zog die nassen Klamotten aus, warf sie in die Ecke und wickelte sich ein Handtuch um. Dann schaute er in die Minibar, griff sich eine weitere Flasche Schnaps und legte sich damit aufs Bett. Er stand noch einmal auf, ging zu seinem havarierten Anzug und fingerte die klitschnasse Zigarettenschachtel hervor. Er versuchte erneut, sich eine anzustecken. Diesmal funktionierte es, aber Gebhard fluchte trotzdem leise vor sich hin. Eine nasse Zigarette war nicht das Beste, was ihm gerade passieren konnte. Aber was war schon das Beste? Er hatte das Beste aus den Augen verloren. Es war ihm geraubt worden. Er hatte es sich rauben *lassen*.

Ja, das stimmte beides, dachte er. Aber ihm gefiel die Opferrolle weitaus besser, als die des passiven Mittäters. Sein Selbstmitleid war ihm ein wichtiger Lebensgefährte geworden. Die anderen Weggefährten waren ja allesamt verschwunden. Am schlimmsten jedoch war: der *Eine*, der Wichtigste ... er war fort ... unwiederbringlich fort ...

Gebhard trank die Minibar leer, bis er den Schmerz nicht mehr fühlte. Betrunken wie er war, nahm er irgendwann das regionale Telefonbuch zur Hand und suchte nach einem Hostessendienst. Er fand keinen, klappte das Buch wieder zu und begann erneut zu weinen. Dann schlief er ein. Er träumte. Jesus war in seinem Traum. Er kam direkt auf Gebhard zu und setzte sich in dem Bushäuschen ohne Dach neben ihn in den strömenden Regen. Gebhard wandte seinen Kopf langsam zu ihm, schüttelte den Kopf und sagte mit tränenerstickter Stimme: *Ich ... ich habe deine Spur verloren, Herr.*

Jesus schaute ihn an, so wie er Petrus angesehen haben mochte, nachdem der Hahn zum dritten Mal gekräht hatte. Dabei sagte er: *Aber ich deine nicht.*

Am nächsten Morgen klingelte um halb neun das Telefon. Gebhard wurde von dem lauten Geräusch jäh aus dem Schlaf gerissen. Er tastete nach dem Apparat, nahm den Hörer ab und quälte mühsam zwei Worte heraus.

„Ja. Gebhard?"

„Guten Morgen, Pastor Gebhard", sagte die aufgeregt-fröhliche Stimme eines jungen Mannes am anderen Ende der Leitung. „Mein Name ist Jürgen Klinge. Ich bin der Diakon. Wir sind froh, dass mit Ihrer Anreise alles gut geklappt hat. Ich werde Sie dann wie verabredet in einer Dreiviertelstunde im Hotel abholen, wenn es Ihnen recht ist. Die ganze Gemeinde freut sich schon so sehr auf Ihren Gottesdienst …"

„Oh … ja … ich … ich auch …", brachte Gebhard mühsam hervor.

„Und ich muss Ihnen sagen", fügte die freundliche Stimme am anderen Ende hinzu, „dass es auch mir selbst eine wirklich große Ehre ist, den Autoren von ‚Fester Glaube in Krisenzeiten' einmal persönlich kennenlernen zu dürfen. Ich kann Ihnen gar nicht sagen, wie … Ihr Buch hat mir sehr geholfen, den Glauben nicht zu verlieren, als … also wirklich … ich …"

Gebhard verabschiedete sich freundlich, stand auf, nahm eine heiße Dusche und rasierte sich gründlich. Anschließend holte er einen frisch gereinigten, dunklen Anzug aus seinem Koffer, zog ihn an und betrachtete sich eine Weile im Spiegel. Dann nahm er die letzte kleine Flasche Schnaps aus der Minibar, leerte sie mit einem Schluck und steckte sich eine Pfefferminzpastille in den Mund, um den Geruch seines Atems zu überdecken. Es klopfte. Gebhard senkte den Kopf, um seinem Spiegelbild nicht länger ausgeliefert zu sein. Und er schluckte, um nicht wieder weinen zu müssen.

„Finde mich …“, sagte er leise.

Dann öffnete er die Tür und begrüßte den jungen Diakon. Und anschließend erledigte er seinen Job, hielt einen seiner wohltemperierten Gottesdienste, präzise, eloquent und lächelnd, genau wie immer.

Verfolgt

Sofort, als Hochstätter den Flughafen von Palma in Richtung Taxistand verließ, heftete ich mich unsichtbar an seine Fersen. In vielen Phasen meines Lebens war ich regelrecht davon besessen, ihn zu observieren, was immer er auch tat, wo immer er auch hinging. Ja, ja, natürlich, es gibt diese Phasen immer noch. Ich stelle ihm weiter nach. Es ist Teil meines Lebens. Früher war es aber noch viel dramatischer. Jahrelang war das Verfolgen und Auskundschaften Hochstätters alles für mich. Es ist wirklich etwas schwächer geworden in den letzten Monaten oder Jahren. Eine Art Routine, eine Sucht, die sich längst selbst an sich gewöhnt hat. Aber es flammt doch immer wieder auf wie ein Buschfeuer, dieses lodernde Verlangen nach Nähe und Verstehen. Ich kann nichts dagegen tun. Und wenn es geschieht, dann scheue ich weder Kosten noch Mühen, um Hochstätter zu verfolgen. Es ist mir schlicht egal. Ja, natürlich, ich gebe es zu, es ist eine Obsession.

Nun werden Sie mich sicher für einen dieser *Stalker* halten und vielleicht haben Sie damit gar nicht mal so Unrecht. Aber es ist doch irgendwie anders. Glauben Sie mir, ich bin vom Fach. Und vor allem, es ist viel mehr. Es geht viel tiefer. Nun gut, das würden die meisten Stalker wohl auch behaupten. Aber ich habe, im Gegensatz zu einem handelsüblichen Stalker, keinerlei Bedürfnis, Hochstätter überhaupt jemals kennenzulernen. Im Gegenteil, es würde ja alles zerstören.

Ich habe auch noch nie mit ihm gesprochen. Nur einmal berührten wir uns ganz zufällig in der S-Bahn, als wir wohl beide in Gedanken an etwas anderes waren. Und nein, ich bin übrigens auch nicht homosexuell. Das sei fern! Nicht, dass dieser Verdacht jetzt bei Ihnen aufkommt. Ich weise das weit und entschieden von mir. Es hat damit nicht das Geringste zu tun.

Auch bewundere ich nichts an ihm, eher im Gegenteil. Schon gar nicht vergöttere ich ihn. So viel noch mal zum Thema *Stalkerverdacht*. Ich *mag* Hochstätter nicht besonders. Ich interessiere mich nur für ihn. Na schön, das finden Sie jetzt als Erklärung vielleicht immer noch zu schwach. Das könnte ich verstehen. Sich nur für jemanden zu interessieren, rechtfertigt noch nicht, ihn immer wieder bis in den letzten Winkel seines Lebens zu durchleuchten und ihm notfalls bis ans andere Ende der Welt hinterher zu reisen. Einmal, vor einigen Jahren, bin ich ihm sogar bis nach Südamerika nachgefahren. Und, ja, auch das gebe ich zu: Ich habe ihn sogar schon beim Duschen und bei Intimitäten mit verschiedenen seiner Liebschaften beobachtet. Aber ich erwähnte es ja schon und habe es ja bereits zugegeben: Jawohl, es ist eine Sucht.

Ich möchte versuchen, es ganz ehrlich und frei heraus zu sagen: Hochstätter fasziniert mich auf diese obsessive Weise, schon seit ich ihn das erste Mal bemerkte. Es ist sehr lange her, etwa zwanzig Jahre. Es war auf einer Party, als wir beide auf der Schwelle vom Teenager zum Twen waren. Er fiel mir damals auf, als er ein Mädchen anflirtete. Ich hatte zuvor den ganzen Abend mit mir gerungen, sie selbst anzusprechen, aber mir hatte der Mut gefehlt. Ich kam mir immer so wertlos vor, damals. Sie müssen wissen, ich war der klassische Streber, ein kleiner unscheinbarer

Typ mit Kassenbrille und den Klamotten der vorvorletzten Saison. Jedenfalls, da war dieses Mädchen. Sie war wirklich hübsch. Natürlich hatte sie keine Augen für mich. Dann, als ich trotz der unglaublich widrigen Umstände ganz kurz davor war, es doch bei ihr zu wagen, war Hochstätter mir in die Quere gekommen. Er war einfach aus dem dunklen Nichts zu ihr herüberspaziert, hatte selbstbewusst gelächelt und sie ohne zu zögern angesprochen. Und dabei eine unerklärliche Souveränität an den Tag gelegt, die mich wirklich entmutigte. Ich hätte das nie im Leben gekonnt. Und da begann es: Ich wollte wissen, woher er die schiere Selbstgefälligkeit nahm, einfach so hemmungslos vorzugehen. Wer war dieser Mensch? Und wer war ich? Konnte ich die zweite Frage vielleicht nur beantworten, wenn ich zuvor die erste geklärt hatte?

Ich begann noch am gleichen Abend, ihn zu beschatten. Als er die Feier mit dem Mädchen verließ, ging ich hinterher und kundschaftete aus, wo er wohnte und wie er hieß. Ich verfolgte ihn mitsamt seiner Eroberung aus sicherer Distanz in der Dunkelheit und sah sie beide in seiner Wohnung verschwinden. Ich konnte damals nicht sehen, was weiter geschehen ist, denn seine Wohnung lag zum Hinterhof und ich hatte keinen Einblick, obwohl ich sogar eine Baumkrone erklommen hatte. Erst später habe ich meine Beschattungstechniken perfektioniert und so eine Kleinigkeit wäre kein Problem mehr gewesen. Ja, glauben Sie mir, vieles davon hätte sogar einem James Bond zur Ehre gereicht.

An jenem Abend hat jedenfalls alles begonnen. Vielleicht war ich kurz davor, ihn für dieses Husarenstück mit dem Mädchen sogar zu bewundern. Wie hatte er es nur geschafft, sie derart zu beeindrucken? Doch schon am nächsten Abend stellte sich der Verdacht, dass er das wirklich *geschafft* hatte, als haarsträubend unzutreffend heraus. Ich hatte erneut vor seiner Haustür Position bezogen und wusste bereits, dass sie wieder bei ihm war. Doch dann sah ich sie. Und vor allem hörte ich ihre Worte. Kaum aus der Haustür, nach viel zu kurzem Besuch, ging sie aufgeregt und schnurstracks in eine Telefonzelle und begann mit einer Vertrauensperson in kaum wiederzugebenden Worten über den Möchtegern-Casanova Hochstätter herzuziehen. Dass er ein *Schaumschläger* sei, sagte sie, ein *Aufschneider*, ein *Lügner*, dass rein gar nichts von dem stimmte, was er so großspurig zu sein vorgab.

Von dem Moment an war ich wohl wirklich infiziert. Was trieb den Mann an? Was machte er aus sich, was war er wirklich? Ich beschloss, ihn als Studienobjekt zu betrachten. Der Mensch! Auch mein restliches Leben stellte ich übrigens in den Dienst dieses meines höchsten Interesses, der Erforschung der menschlichen Seele. Ich wurde ein angesehener Psychiater und bin es noch. Das mag Ihnen jetzt noch merkwürdiger vorkommen. Ein Psychiater, der gleichzeitig ein … na gut, ich will es der Einfachheit halber an dieser Stelle gelten lassen: ein *Stalker* ist?

Aber glauben Sie mir, es ist gar nicht so merkwürdig, ganz im Gegenteil. Hochstätter ist gewissermaßen meine lebenslängliche Doktorarbeit. Und nicht nur das. Er wird mein Meisterstück.

Es ist ja gar kein Vergleich: einen gewöhnlichen Patienten vor sich sitzen zu haben, der sämtliche Masken aufsetzen kann, die er nur möchte, und sich derart ungeniert in der großen Wanne all der psychologischen Selbstbetrügereien baden kann, dass einem beim bloßen Zuhören schon ganz übel wird – oder es mit einem ganz ahnungslosen Studien-objekt zu tun zu haben, das sich ganz frei und ungefiltert verhält, weil es ja nichts von dem Versuch ahnt, der gerade an ihm vollzogen wird. Dass Hochstätter für mich gele-gentlich die Grenze zur Manie überschritten hat, nun ja, das ist wohl der Preis, den alle feurigen Seelen für ihr Le-benswerk zahlen müssen. Oder glauben Sie vielleicht, Sig-mund Freud sei nicht besessen gewesen? Oder Gandhi? Oder Franz von Assisi? Oder Franz Beckenbauer? Ja, wa-rum denn nicht der Beckenbauer in dieser Reihe? Er ist doch auch sehr fokussiert, ja, obsessiv fokussiert, denken Sie nicht? Doch, ganz sicher, alle bedeutenden Menschen waren oder sind das. Allesamt! Sie alle waren überzeugt von ihrer Mission und schauten nicht nach links und rechts, wenn sie dort etwas von dem Eigentlichen ablenk-te. Und all diese wunderbaren Menschen hätten ihre Ziele sonst ja wohl nie erreicht. Zur Durchsetzung menschlicher Lebensträume ist eine gewisse Art von Fanatismus also ganz unerlässlich. Nennen wir es doch sachdienlichen Ei-fer. Oder Ehrgeiz, gesunden Ehrgeiz. Ich war auch schon immer so. Mein Ehrgeiz allerdings drohte mich schon im Kindesalter manchmal zu zerfressen. Später gelang es mir, etwas besser damit umzugehen. Das wiederum, ob Sie es glauben oder nicht, hatte kausal mit Hochstätter zu tun. Es stellte sich schon recht schnell heraus, dass er das genaue Gegenteil von mir war und seine inneren Plagen und Un-gereimtheiten exakte Gegenstücke zu meinen waren. Wo ich die Enge meines verklemmten Seelenkorsetts spürte, hatte er eine lockere Weite, die mir unbegreiflich und des-halb erstrebenswert schien. Gleichzeitig verachtete ich ihn dafür, da mir bewusst war, dass meine Fähigkeit, mich in jeder Situation zu kontrollieren, ihn zu einem chancenlo-sen Gegner machte. Ich war ihm überlegen, während ich gleichzeitig neidisch auf das war, was Mitleid in mir provozierte. Ich interessierte mich für seine Schwächen und liebte ihn auf gewisse Weise eben dafür, während ich ihn gleichzeitig aus dem gleichen Grund abgrundtief hassen musste. Eine ganz interessante Mischung, finden Sie nicht? Das Beispiel mit dem angesprochenen Party-Mädchen ist dafür sehr bezeichnend. Es war ja klar, dass er diese gespielte Lockerheit immer nur als Masche benutzte, um sich auf eine Weise selbst darzustellen, die etwas ganz Unverfrorenes und deshalb Tragisches hatte, immerhin aber ihrerseits wieder als Laisser-faire durchgehen mochte. Sie verstehen sicher so ungefähr, was an ihm mich also von Anfang an faszinierte. Ich wollte, ja, ich musste dieser Seele auf den Grund kommen. Ich wollte sie mit meiner und später allen anderen vergleichen, Bücher über mögliche Schnittmengen und Gegenläufigkeiten verfassen und noch später, wenn es mir vergönnt sein sollte, das bahnbrechende und maßgebliche Werk über den Menschen an sich herausgeben.

Das konnte mir den Nobelpreis einbringen.

Leider, das sei auch zeitig zugegeben, gab ich den Plan bezüglich des großen Nobelpreis-Werkes schnell wieder auf. Nach etwa vier Jahren des eifrigen Observierens stellte ich entmutigt fest, dass meine Studien an Hochstätter mindestens ebenso viele Fragen provozierten, wie sie Antworten gaben.

Nein, eigentlich war das Verhältnis deutlich dramatischer, denn es war doch vielmehr so, dass für jede Antwort, die ich bekam, mindestens zehn neue Fragen auftauchten. Es war, realistisch betrachtet, einfach nicht zu machen. Ich musste mein Ziel neu formulieren. Hochstätter war und blieb mir ein ungeheures Rätsel. Seine ganze Seelenstruktur war rätselhaft, beinahe dämonisch. Manchmal wirkte er für Stunden gar zerbrechlich, nachdenklich, in sich gekehrt, vielleicht sogar, ich weiß es ja nicht!, liebevoll. Dann wieder war er stolz, aufgeblasen, arrogant und unverschämt egoistisch und gedankenlos.

Ich mochte ihn in all dem insgesamt immer noch nicht, mal abgesehen von der gewohnheitsmäßigen Lust, die es mir verschaffte, ihn in meiner Nähe zu wissen. Doch diese unreife Mischung aus gespielter Nonchalance und der traurigen Wahrheit über sich – derer er sich wahrscheinlich nicht bewusst war –, dass er nämlich tatsächlich ein sterbensunglücklicher, ganz und gar leerer Aufschneider war, der längst selbst nicht mehr an den Erfolg seiner Ich-tue-so-als-ob-Kapriolen glauben konnte; diese Mischung erregte weiterhin und wahrhaftig meine Abscheu. Er rauchte und trank, müssen Sie wissen. Er betrieb Vielweiberei. Er war oberflächlich. Nicht fokussiert. Er war nicht zu fassen, glitschig wie ein Aal. Er war alles, was ich nicht war. Und im gleichen Atemzug lernte ich, während ich seine Schwächen schonungslos enttarnte, meine eigene Engherzigkeit, ebenso wie meinen mir früher stets so einschränkend vorgekommenen Pragmatismus, besser kennen und schätzen. Ja, je länger ich Hochstätters innere Leere, die sich ja nur hinter dieser billigen Fassade aus „Was kostet die Welt?"-Fröhlichkeit verbarg, studierte, desto näher kam ich mir selbst. Nun, Sie halten das vielleicht jetzt für Psychologengefasel. Ist es ja auch. Dennoch: Ich sah das Licht meines Wesens in seiner Dunkelheit. Aber ich möchte nicht unbescheiden wirken. Wie auch immer, es tat mir gut, all das zu erkennen. Und je weniger ich Hochstätter deshalb leiden konnte, desto mehr gefiel ich mir selbst.

Und doch: Das eigentliche Studium stellte sich leider als Fass ohne Boden heraus. Ich schlug mir also die Bücher und den Nobelpreis aus dem Kopf. Aber natürlich hörte ich nicht damit auf, Hochstätter zu verfolgen. Immer dann, wenn ich nicht in meiner Praxis arbeitete, stellte ich ihm nach. Im Laufe der Zeit hatte ich mir so ein wirklich perfekt funktionierendes Observierungssystem geschaffen. Ich kannte seine Pläne, seine Gewohnheiten, seine Tagesabläufe, seine Rituale, seine Bankverbindung, seine Adresse, seine Freunde und Freundinnen und seine alte Mutter (sein Vater war verstorben, als er noch recht jung war). Seine Mutter war übrigens Südländerin. Und sein Vater war Leiter des hiesigen Finanzamtes gewesen. Eine komische Mischung. Bezeichnend.

Ich hatte mich schon längst daran gewöhnt, ihn zu beschatten, es war ein Teil von mir geworden. Ich betrieb es seit Jahren und noch mehr Jahren, ununterbrochen. Und glauben Sie mir, er bemerkte davon nichts, rein gar nichts. Diese Tatsache und das stetig wachsende, lustvolle Kribbeln, das sie in mir auslöste, machte mich eine Weile lang immer nur noch besessener. Ich machte meine Berufung nun auch noch zum Hobby, was kann es wohl Schöneres geben? Ich kann Ihnen kaum beschreiben, wie viel Spaß es mir schließlich machte, ihn gelegentlich sogar zu düpieren. Oh ja, ich wurde natürlich mutiger. Wenn ich es nicht wollte, würde Hochstätter nie von mir erfahren. Das Gefühl, diese Macht über ihn zu haben, war wirklich so wundervoll. Manchmal legte ich sogar aus reinem Vergnügen für mich, aus bloßem Sportgeist, selbst ein paar kleine Fährten, die auf mich hinwiesen, mit denen der Ahnungslose aber natürlich nichts anzufangen vermochte. Einmal ließ ich absichtlich eine meiner Socken auf seinem Balkon liegen, nachdem ich so weit gegangen war, von einem Baum durch die Außenhaut seiner wirklich nahesten Privatsphäre eingedrungen zu sein. Es war so herrlich, dann aus sicherer Entfernung sein irritiertes Gesicht zu beobachten, als er sie entdeckte, die Socke. Aber was hätte er damit anfangen sollen?

Ich genoss es, sein Leben zu beobachten, wirklich. Und, meine Güte, wenn ich Ihnen erzählen würde, was ich da alles gesehen und miterlebt habe, ich schwöre Ihnen, da würden sich Ihnen die Fußnägel kräuseln.

Der Episode, die sich zuletzt, etwa eine Woche vor seiner überraschenden Abreise nach Palma abgespielt hatte, hätte ich deshalb niemals besonderen Wert beigemessen. Wie sehr sollte ich mich doch geirrt haben. Es war eine flüchtige Begegnung Hochstätters mit einer Frau gewesen, die er meines Wissens erst kurz zuvor in einem Café kennengelernt hatte. Das war ja *absolut* nichts Ungewöhnliches. Er hatte wieder mal eine von seinen Eroberungen mit nach Hause gebracht, na und? Was dann geschah, habe ich nicht gesehen. Diesmal nicht. Ich wollte nicht. Es ekelte mich an. Und wieso hätte es sich unterscheiden sollen, von all den anderen Momenten, die … nun, ich möchte nicht indiskret sein. Ich schreibe das hier ja nicht, um Unaussprechliches und allzu Intimes über Hochstätter preiszugeben. Das geht wohl niemanden etwas an, außer ihn und mich.

Ich schreibe all das in Wirklichkeit nur, um mich selbst zu erleichtern.

Sie werden es noch verstehen.

Denn das, was nun kürzlich passiert ist und seinen Anfang eben dort in diesem Gespräch mit der jungen Frau und dann seinen Fortgang am Flughafen von Palma nahm, als ich ihm zum Taxistand folgte, veränderte tatsächlich alles.

Es geschah nämlich etwas, das nie hätte passieren dürfen. Das, was mir als oberstes Ethos in der ganzen Angelegenheit galt, die Unantastbarkeit der strikten Trennung unserer Lebenskreise, zerfiel hier im Süden Spaniens zu Staub.

Ich lernte Hochstätter kennen.

Sie werden ja nun nachvollziehen können, dass alles, nur das nicht geschehen durfte. Und ich hatte es ja stets vermeiden können, all die Zeit; als hätte eine unsichtbare, segnende Hand meine Arbeit geschützt und sie so überhaupt kontinuierlich möglich gemacht. Ihn zu treffen, mit ihm zu reden, schlimmer noch, festzustellen, dass ich mich in etwas Grundlegendem geirrt hatte, dass womöglich bei näherem Kennenlernen sogar eine gewisse Sympathie zwischen uns herrschen mochte, das war unausdenkbar. Doch der Reihe nach.

Hochstätter bestieg sein Taxi. Ich nahm das nächste und bat den Fahrer, ihm nachzufahren. Es ging über die Stadtautobahn Richtung Altstadt. Hochstätters Wagen hielt schließlich nach etwa 10 Kilometern ganz in der Nähe der Kathedrale am Plaza de la Consulat. Er zahlte und stieg aus. Ich folgte ihm in sicherer Distanz, als er mit ernstem Gesicht in eine kleine Gasse namens Carrer de la Sant Pere einbog. Er klingelte an Hausnummer 4 und wurde eingelassen. Mir blieb nichts, als zu warten. Ich setzte mich in das Café direkt an der Ecke des Platzes und der kleinen Gasse. Dort verharrte ich etwa eine Stunde. Dann kam Hochstätter zurück. Er ging an mir vorbei, dann zielstrebig durch die kleinen, verwinkelten Gassen. Ich zahlte und hastete ihm nach. Schließlich kam er an den Plaza de Reina, überquerte dort den Kreisverkehr, ohne im Geringsten auf die Ampeln zu achten, und ging ohne zu zögern die vielen Treppen hinauf zur altehrwürdigen Kathedrale, diesem gotischen Prachtstück von einer katholischen Kirche. Ich muss dazu sagen, dass Hochstätter schon vor etwa einem Jahr ein paar Wochen lang einige dubiose Kirchen besucht hatte, was ich nie verstanden hatte. Ich selbst hatte mit Glauben rein gar nichts am Hut. Noch nie gehabt. Vielleicht ein Nebeneffekt meines Berufs, keine Ahnung. Aber auch Hochstätter wäre nie so weit gegangen, sich einer dieser Glaubensgemeinschaften wirklich anzuschließen, dafür kannte ich ihn längst zu gut. Er war doch letztlich ein klassischer Atheist, ein durch und durch verdorbener, oberflächlicher, triebgesteuerter und vor allem selbstverliebter, also: nur sich selbst vergötternder Mensch. Nur ein ganz anderer Schlag von Leuten ging in Kirchen. Das wusste ich genau! Ich hatte in meiner Praxis reichlich mit wahrhaft Gescheiterten zu tun, die *religiöse Tendenzen* besaßen, glauben Sie mir. Sie alle waren tendenziell schwach, seelisch viel wackliger, als Hochstätter es jemals sein würde. Dieser Mensch brauchte keine weitere Ersatzbefriedigung, denn davon hatte er bereits mehr als genug. In ihm würde ja am Ende doch immer das Animalische siegen. Das war ja das Schöne an ihm als Proband. Ich war so sicher, dass meine Einschätzung stimmen musste. Dementsprechend schockiert war ich, als ich bemerkte, wie Hochstätters Körperhaltung sich veränderte, als er sich der großen Kirche Schritt für Schritt näherte. So hatte ich ihn wirklich noch nie gesehen. Sollte mir etwas entgangen sein? Konnte das denn sein? Nach all den Jahren, all meinen minutiösen Aufzeichnungen über sein Außen und sein Innen, allem, was ich verdammt noch mal über ihn wusste, nachdem ich ihn mindestens so gut kannte, wie mich selbst, wenn nicht sogar besser? Na gut, ich musste es zugeben: Ja, sogar mir konnte etwas entgangen sein. Die Möglichkeit bestand durchaus. Hatte es vielleicht doch mit dieser Frau zu tun, die ich vielleicht vorschnell als die *übliche, flüchtige Gespielin* wegsortiert hatte? Nein, nein, es konnte doch nicht sein, er kannte sie doch viel zu kurz. Aber wer war diese Frau überhaupt? Ich hätte mich ohrfeigen mögen, ich hatte auf entsetzliche Weise geschlampt. Vielleicht war etwas ganz anderes geschehen, an jenem Abend, den ich vorschnell als Hochstätters erotische Routine abgeheftet hatte.

Es war jedenfalls kaum zu fassen. Hochstätter wirkte nun ernsthaft verstört, wie ein kleines Kind, das sich im Wald verirrt hat. Er ergriff die Türklinke und öffnete – scheinbar mit letzter Kraft und als litte er unter massiven, plötzlichen Seelenqualen – die massive Flügeltür, die direkt in das riesige Kirchenschiff führte. Ich ging ihm nach. In der Kathedrale wurde gerade ein Gottesdienst zelebriert. War das vielleicht Zufall? Warum zum Teufel hatte Hochstätter überhaupt die Sechs-Uhr-Maschine genommen? Doch nicht etwa, um pünktlich hierher zum Gottesdienst zu kommen? Meine Güte, das hätte er zu Hause aber nun wirklich etwas bequemer haben können!

Alles hier in der Kathedrale war derweil sehr feierlich, gewaltige Kronleuchter beleuchteten die alten Mauern kunstvoll. Ja, eine schöne Inszenierung. Wenn man an Gott glaubt, mag so etwas sehr sachdienlich sein, all dieser Ehrfurcht einflößende Kitsch. Mir war sofort unwohl. Es kam mir vor, als wäre ich versehentlich ins Innere eines gigantischen Sarges gelangt. Dazu noch in einem ganz fremden Land. Und wer wollte das schon? Ich jedenfalls nicht, denn ich liebte nichts mehr, als die mir vertraute Welt meiner eigenen rationalen Grenzen. Meinen Schreibtisch. Mein Leben als Beobachter zweier vertrauter Bilanzen und Welten. Meiner und seiner.

Hochstätter blieb nun eine Weile am inneren Rand der Kirche stehen. Ich natürlich ebenfalls, in gebotener Distanz. Ich verstand kein Wort Spanisch und hatte keinen blassen Schimmer, worum es gerade ging. Das störte mich aber nicht sonderlich. Nur irritierte mich, dass es Hochstätter ja ebenso gehen musste. Ich wusste, dass er fließend englisch und ein wenig italienisch sprach, aber Spanisch beherrschte er ja soweit ich wusste auch nicht. Was in aller Welt wollte er also überhaupt hier? Und wieso sah er plötzlich so gebrochen aus? Verdammt, was war los? *Was* hatte ich nur verpasst? Verdammt! Es durchschoss mich plötzlich wie eine Kanonenkugel. Verdammt, verdammt, seine Mutter war doch Spanierin, oder nicht? Nein, Italienerin. Portugiesin. Verdammt, verdammt, das waren doch unwichtige Details, oder nicht! Da! Seine Lippen bewegten sich. Verdammt, er sprach spanisch. Mir wurde schwindelig. Nein, nein, bestimmt nur Zufall. Aber warum fiel mir das alles jetzt erst wieder ein? Ja, sie war Spanierin. Verdammt. Und wer war *diese Frau*? Warum war Hochstätter hier?

Dann plötzlich geschah das Unfassbare. Ich hatte ihn vor lauter Panik aus den Augen verloren. Das war mir noch nie passiert. Oder wenigstens fast nie. Jetzt kam es mir aber plötzlich sehr bedrohlich vor. Ich bekam Angst, ohne genau sagen zu können, wovor. Ich transpirierte und schaute mich hektisch um. Hochstätter war irgendwo in dieser riesigen Masse Menschen verschwunden, die ehrfürchtig den Worten des spanischen Predigers lauschte. Was für eine Hinterlist. Ich strengte mich an, ihn ausfindig zu machen, kniff die Augen zusammen, um ihn zu erspähen, sein hellgraues Jackett in diesen Wellen aus vornehmlich schwarz gekleideten Einheimischen zu entdecken. Ich war ja geübt darin, ihn in jeder denkbaren Situation aus einem Pulk *herauszuscannen*, es hätte mir doch gelingen *müssen*. Aber ich sah ihn nicht.

Ich versuchte mühsam, mich etwas zu beruhigen und nahm in einer der hinteren Bänke Platz. Von hier aus hatte ich den besten Blick und würde es mir sicher gleich gelingen, ihn wieder zu finden. Dann passierte es. Ich hatte nach vorn geschaut, nach vorn links und nach vorn rechts, die gesamte Breite des Kirchenschiffs mit meinen Blicken durchsucht, aber ergebnislos. Doch plötzlich *spürte* ich etwas. Ihn. Mir brach sofort kalter Schweiß aus. Ich hörte seinen Atem. Er saß direkt neben mir. Sein Ärmel berührte meinen. Doch damit noch nicht genug. Die Katastrophe erreichte ihren Höhepunkt. Hochstätter sprach mich an.

„Ich kenne dich", sagte er, ohne mich dabei anzusehen. Mir wurde speiübel. Ich antwortete nicht.

„Wir müssen reden", fügte er noch an. „Aber nicht jetzt. Es gibt etwas, das *noch* wichtiger ist."

Ich war wie gelähmt vor Schrecken. Das Ausmaß der Katastrophe war nicht abzusehen. Hochstätter wusste von mir!? Wenn das stimmte, würde ich alles verlieren. Mein Lebenswerk war bedroht. Ich wage kaum, es einzugestehen, aber in diesem Moment spielte ich tatsächlich mit dem Gedanken, Hochstätter auf der Stelle umzubringen. Doch genau hier, an diesem Punkt, wahrscheinlich dem niederträchtigsten und tiefsten, den ich je im Leben erreicht hatte, begann in der Kathedrale ein Chor zu singen. Aus dem Augenwinkel sah ich, dass Hochstätter die Augen schloss und ich meine sogar, eine einzelne Träne gesehen zu haben, die seine Wange hinabrollte. Ich selbst versuchte mich dem zu verschließen, aber auch mich berührte der lateinische Choral irgendwie auf merkwürdige Weise. Nicht, dass ich gleich hätte weinen mögen, um Gottes oder sonstwessen Willen, aber dennoch: Der Gesang bewirkte tatsächlich, dass meine spontanen Mordgedanken wieder verschwanden. ·

Einige Minuten vergingen. Hochstätter hatte mit gebeugten Schultern in der Kirchbank gehockt, dem Chor gelauscht und dabei, auf mir perfide vorkommende Weise, irgendetwas gedacht oder gefühlt oder gebetet, was ich nicht deuten konnte. Dann plötzlich gab er seine mönchs-ähnliche Haltung auf, zupfte an meinem Ärmel und bedeutete mir, mit ihm aufzustehen und ihm hinaus zu folgen. Verdammt, was blieb mir übrig?

Wir gingen hinaus und eine Weile wortlos nebeneinander her. Ich war immer noch vollkommen schockiert darüber, dass Hochstätter von mir wusste. Aber ich brachte kein Wort heraus, das mir dabei hätte helfen können, mich wirklich zu erklären. Wenn er tatsächlich alles wusste ... immer gewusst hatte? ... schon seit Jahren? ... mein Gott ... dann wäre es mir ja völlig unmöglich gewesen, mich herauszuwinden. So konnte ich also nur abwarten, bis er etwas sagte. Und hoffen, dass es nicht so schlimm wäre, wie ich befürchtete. Aber es war noch viel schlimmer.

„Es ist wirklich Zeit, mich bei dir zu entschuldigen", sagte er, weiterhin mit gebeugtem Kopf, als wir unseren Weg an der Balustrade der Kathedrale unterbrachen und unsere Hände auf die Mauer legten. Von dort schauten beide über den Fischereihafen aufs Meer hinaus, als hätten wir es abgesprochen. Ich konnte immer noch nichts sagen. Wofür entschuldigte *er* sich?

„Ich habe dich nie wirklich geachtet, oder?", sagte er und klang dabei wie ein aufrichtig Bereuender.

„Wie ... wie bitte?", brachte ich stammelnd heraus und kämpfte mit einer nahenden Ohnmacht. Das alles war nun völlig surreal.

„Du hast es vielleicht nicht mitbekommen, aber letzte Woche ist etwas Entscheidendes passiert, mein Freund."

„Mein *Freund*? Du nennst mich Freund?", sagte ich und konnte den Zynismus in meinem Tonfall nicht verbergen, während ich mich gleichzeitig darüber wunderte.

„Oh, ich weiß … wie gesagt, entschuldige. Es wird sich einiges ändern in nächster Zeit. Die Dinge, die Anna … du weißt … diese wundervolle Frau, die ich letzte Woche gefragt habe, ob sie mich heiraten möchte … also die Dinge, die sie mir über inneren Frieden gesagt hat … und vor allem, die vielen Worte, die sie nicht sagte, während wir uns alles von der Seele redeten, machen es einfach unmöglich, dass alles weiter so bleibt, wie es immer war. Verstehst du?"

„Nein, tue ich nicht", sagte ich. „Ich verstehe kein Wort".

Ich verstand wirklich nicht. Obwohl, wenn ich ganz ehrlich bin, ahnte ich vielleicht doch einen ganz kleinen Teil von dem, was Hochstätter sagte. Noch mehr, als er mich daran erinnerte, dass Vater und Mutter sich ja tatsächlich hier, in Palma, am Fuße der Kathedralentreppe, kennengelernt hatten, und als er hinzufügte, dass es Zeit würde, mit der gegenseitigen Beobachtung aufzuhören und von nun an endlich dauerhaften Frieden miteinander zu schließen. Gegenseitige Beobachtung? Sollte er etwa …? Mein Herz versuchte erfolglos, stehen zu bleiben. Dem Rest von mir blieb für den Moment nichts anderes übrig, als einfach zu nicken, wenn auch diese Kopfbewegung von meinem größten Widerwillen flankiert wurde.

Den Abend verbrachten wir bei Rotwein, Tapas und Bocadillos. Wir redeten nicht viel. Und dann, am nächsten Mittag, stiegen wir beide gemeinsam in die Maschine, die uns in unser gewohntes Leben zurückbringen würde, das doch nie wieder das Gleiche sein konnte. Wir flogen mit einem einzigen Ticket zurück, auf einem gemeinsamen Sitzplatz, also eigentlich genau wie schon auf der Anreise, genau wie eigentlich schon immer, als Teil voneinander, uns stets gegenseitig beobachtend. Genauso, wie wir all die langen Jahre unseres Lebens durch das Schicksal auf so merkwürdige Weise miteinander verwoben waren, ohne es uns je einzugestehen. Der einzige Unterschied war, dass es uns in diesem Moment wohl beiden bewusst war: Wir waren gefangen im gleichen Körper, in der gleichen Seele, oder sollte ich eher sagen: zu Lehrzwecken gebunden an immer jenen Teil des anderen, der uns mit seinen Eigenschaften mahnte, uns weiterzubewegen und dem Menschen anzunähern, der wir am Ende gemeinsam wirklich waren? Der uns jetzt durch diese unerklärlichen Ereignisse den Weg wies, nicht länger in der kriegerischen Uneinigkeit der Einzelteile zu verharren, die wir zu sein glaubten, in jener Zerrissenheit der gegensätzlichen Interessen, die beide Teile von uns im Laufe der nächsten Jahre womöglich hinab in den dunklen Schlund des Wahnsinns getrieben hätte. Ich weiß nicht, was diese komische Anna meinem Objekt Hochstätter an diesem Abend geraten hatte, außer eben in die Kathedrale nach Palma zu reisen, an den Ort, an dem der angehende Finanzbeamte Sebastian Hochstätter im Sommer 1954 seine spätere Frau Cecilia getroffen hatte. Meine Eltern. Die beiden waren so verdammt unterschiedlich.

Ich weiß nicht, ob ich überhaupt bereit bin, den Frieden, den Hochstätter plötzlich so dringend ersehnt, ebenfalls zu suchen. Zumal er jetzt von Gott spricht und von Vorsehung. Ich werde darüber nachdenken müssen.

Aber nicht jetzt.

Ich will versuchen, mir den Flug erträglich zu machen.

Wären da nur nicht diese merkwürdigen Passagiere überall in der Maschine.

Es ist, als würden sie mich beobachten.

Ich kenne doch diesen Blick.

Aber es sind so viele …

Das *kann* doch nicht sein.

Oder doch?

DER WUNSCH

Pfarrer Hellmann hatte im Laufe der Jahre wirklich schon einiges erlebt. Er galt, weit über die Grenzen seines kleinen Ortes hinaus, als außergewöhnlich einfühlsamer und erfahrener Seelsorger und Ratgeber. Manchmal kamen die Menschen sogar aus Berlin zu ihm und das war immerhin vierzig Kilometer entfernt. Sie waren eigentlich wie ein nicht versiegender Strom Lemminge zu ihm gekommen, beladen mit all den großen, sich stets so zuverlässig wiederholenden Lebensdramen: Trennung, Scheidung, Tod, Verlust, Krankheit, Unglauben, Lieblosigkeit, die Kälte und Nöte der Welt in ihren vielen Erscheinungsformen. Hellmann hatte die Menschenseele im Laufe der Jahre wirklich kennengelernt, mit all ihren Sehnsüchten und Schwächen, Heldentaten und Stärken. Und er fühlte mittlerweile aufrichtig mit den traurigen Menschen, die zu ihm kamen. Im Laufe der Zeit hatte er gelernt, sie wirklich zu lieben. Und weil er sie liebte, liebten ihn die Menschen auch zurück. So einfach war das am Ende. Er bekam etwas von ihnen, weil er ihnen etwas gab, ohne etwas zurück zu wollen. Hellmann hatte selbst siebzig Jahre gebraucht, um dieses Prinzip halbwegs zu verstehen.

Und noch etwas hatte seine Erfahrung ihm eingebracht: Man konnte ihm nichts mehr vormachen. Und er empfand sensible Offenheit und Aufrichtigkeit als Teil der wahren Liebe. Andererseits machte er auch sich selbst nichts vor. So ganz verstehen konnte man das alles wohl nie. Dennoch, Hellmann durchschaute aufgrund seiner

Erfahrungen die meisten Tricks der Hilfesuchenden. Viele sagten ja nicht die ganze Wahrheit, da es ihren Seelen wohl instinktiv klüger schien, sich eher auf die Hilfe von außen, als auf die schmerzhafte Einsicht von innen zu verlassen. Deshalb wusste Hellmann, dass es den Menschen, die ihn um Seelsorge baten und von denen ja einige gerade im Begriff waren, in einem gigantischen Meer aus Selbstmitleid zu ertrinken, ja doch viel mehr nützte, wenn man ihnen ganz offen sagte, dass sie ihr Problem just damit nur ins letztlich Unheilbare verschlimmerten. Die Wahrheit war es, die heilte. Sie allein.

Pfarrer Hellmann war ein weiser und weit gereister Mann. Er hatte sein Dorf zwar seit mehr als zwanzig Jahren nicht verlassen, aber er hatte doch die innere Welt der Seelen mehrfach umrundet.

Er hatte alles schon mal gehört und alles schon mal gesehen. Wirklich alles. Nur eine Geschichte wie die von Josef Winkler nicht.

Hellmann saß am Ende dieses kalten Wintertages gerade zu Tisch und wollte sich seinem wohlverdienten Abendschwarzbrot mit Pflaumenmus zuwenden, als es an der Tür klopfte. Er stand etwas missmutig auf und öffnete. Der stürmische Wind ergriff sofort die Chance, Teile der kleinen Diele des Pfarrhauses in Besitz zu nehmen, was Hellmann veranlasste, seinen unerwarteten Gast sehr eilig hereinzubitten, ohne sich zu vergewissern, um wen es sich dabei überhaupt handelte.

Ein alter, vitaler Mann stand vor ihm und lächelte überaus freundlich. Hellmann hatte ihn noch nie zuvor gesehen. Aber das alleine war ja noch nicht sehr ungewöhnlich.

„Guten Abend, Herr Pfarrer", sagte der Alte und nahm seine Wollmütze ab, unter der die zerzausten Borsten eines schneeweißen Haarschopfes wild in alle Richtungen standen.

„Guten Abend", sagte Hellmann und fügte still ein Fragezeichen an, das ganz sicher etwas mit seinem Abendbrot und dem Pflaumenmus zu tun haben mochte.

„Entschuldigen Sie, dass ich Sie störe, aber ich *musste* einfach herkommen. Ich habe von Ihnen gelesen", sagte der Alte höflich. Dann lächelte er wieder überaus freundlich und entblößte dabei eine ziemlich lustige, große Zahnlücke.

Hellmann war nicht wirklich danach, sich heute noch zu unterhalten, aber, wie gesagt, er liebte ja die Menschen. Deshalb wäre ihm auch nicht wirklich in den Sinn gekommen, den Mann wieder wegzuschicken. Er betrachtete ihn einen Moment: die wirren Haare, sowohl die auf dem Kopf, die von der Mütze so grotesk frisiert worden waren, als auch die Stoppeln im Gesicht, ebenso schneeweiß, dazu die Gesichtsbräune, die kaum in die Region passte, die karierte Holzfällerjacke, die Wanderschuhe. Hellmann bat den Mann mit einer richtungsweisenden Geste in sein Wohnzimmer. Dort setzten sich beide in die Sessel vor den Kamin. Der Pfarrer stand allerdings gleich wieder auf und legte noch ein paar Holzscheite nach. Dann bot er seinem späten, unbekannten Gast einen Tee oder einen Kaffee an.

„Ja, einen Kaffee, sehr gerne", sagte der Besucher und nickte wieder höflich.

Hellmann ging in die Küche und holte zwei Tassen und die Kanne Kaffee, die er sich gerade zum Pflaumenmusbrot gekocht hatte.

„Fein, ich trinke auch lieber Kaffee als Tee", sagte er dabei. „Und er war sowieso gerade fertig. Milch?"

Der Alte nickte. Er war Hellmann sympathisch. Das beruhte auf Gegenseitigkeit. Die beiden lächelten sich an.

Nun setzte sich der Pfarrer wieder und schaute sich noch einmal um, ob er nicht noch etwas vergessen hatte. Hatte er aber nicht.

Er wandte sich dem Fremden zu.

„Nun, ähm, was kann ich für Sie tun, Herr, äh?"

Der Alte schenkte sich einen Kaffee ein.

„Winkler. Josef Winkler. Ich muss Ihnen unbedingt etwas erzählen, Pfarrer Hellmann", sagte er und in seinem Tonfall schwang schon etwas ebenso Dringendes wie Geheimnisvolles mit.

„Es ist wirklich wichtig, dass ich mit Ihnen darüber sprechen kann … bevor es zu spät ist. Und ich weiß, ich habe nicht mehr viel Zeit."

Hellmann glaubte, zu verstehen. Er hatte oft erlebt, dass kranke Menschen, die geradewegs auf die offenen Arme des Todes zugingen, sich in einer Beichte erleichtern mussten, um das Gefühl des inneren Friedens zu erlangen. Manche von ihnen hatten ihren ganz persönlichen Lebenskrieg jahrzehntelang mit sich herumgetragen, ohne je die reinigende Erleichterung einer Aussprache zu suchen. Das Einzige, was nicht recht zu dieser Theorie passte, war, dass der Alte wirklich einen kerngesunden Eindruck machte.

„Bitte, erzählen Sie", lud er Winkler ein, sich nun alles von der Seele zu reden.

„Ich bin etwas älter als ich vielleicht wirke. 113 Jahre, um genau zu sein. Das vielleicht noch vorweg …"

„Oh, wirklich?", sagte Hellmann ehrlich überrascht. „Ich hätte Sie auf höchstens, na, sagen wir, 75 geschätzt."

„Ja, das ist die ständige innere Bewegung, die einen so frisch hält", sagte Winkler.

Hellmann lachte bemüht. Irgendetwas in ihm flüsterte ihm allerdings zu, dass Winkler einer von denen war, die es mit der Wahrheit womöglich nicht so genau nahmen.

„Sie wirken wirklich sehr vital und ... gesund."

„Aber das bin ich leider nicht", entgegnete Winkler und verriet keine weiteren Details über seinen Zustand.

„Ich werde bald sterben, Herr Pfarrer. Ich weiß, dass man es mir nicht ansieht, aber es ist dennoch so. Und deshalb muss ich jetzt einfach darüber reden. Endlich reden. Ich *muss einfach*. Es ist überaus wichtig."

„Natürlich", bemerkte Hellmann die Eindringlichkeit seines Gegenübers, „erzählen Sie ruhig."

Er lehnte sich zurück und begann der haarsträubenden Geschichte zu lauschen, die Winkler nun wie einen bunten Orientteppich vor ihm aufrollte.

„Das, was ich Ihnen zu berichten habe, begann vor etwa 80 Jahren in Berlin. Ich lebte dort und tue es noch. Die wilden Zwanziger hauchten gerade ihr kurzes Leben aus. Ich hatte ihnen übrigens nach Kräften dabei geholfen, ihren wilden Ruf zu zementieren, indem ich mit dem ganzen Rest der Stadt feierte, was das Zeug hielt. So kam ich auch an jenem Abend angetrunken aus einem Nachtclub und begab mich schwankend auf den Heimweg in mein Atelier. Ich lebte damals als Künstler, müssen Sie wissen, Herr Pfarrer, als Maler genauer gesagt ..."

Winkler nahm zwischendurch hastig einen Schluck Kaffee und verschluckte sich fast daran.

„Also, ich war jedenfalls gerade so unterwegs, als ich unter einem Laternenpfahl den Schatten einer Gestalt wahrnahm. Wahrscheinlich wäre ich normalerweise einfach an ihr vorbeigetorkelt, aber irgendetwas zog mich an diesem Abend wie magisch an. Ich ging also zu der Person. Sie lehnte rücklings sitzend an dem Pfahl, trug einen hellen Umhang und den Kopf unter einer Kapuze, nach unten gesenkt, wie ein betrunkener Hallodri, der sich zum Fasching als Engel verkleidet und dann seine Party nicht gefunden hat. Ich ging also zu ihm rüber und sagte vorsichtig ‚Hallo?' Dabei tippte ich den Kerl an. Dabei hob er ... sie ... also die Person ... Entschuldigung, vielleicht sollte ich das jetzt gleich noch klarstellen ... es war offensichtlich kein Mensch, Herr Pfarrer ... es war ein Wesen, das irgendwie ähnlich, aber gleichzeitig doch so völlig anders war, als ein Mensch. Also, ach, um es kurz zu machen, irgendwie war es zwar schon ein Mensch, aber dann wieder ... mehr eine Kreatur ... ein Geist ... und sie, also er, es ... hob seinen Kopf ... und ...“

Hellmann bemerkte, wie Winkler plötzlich unsicher wurde und zögerte. Auch das kam ihm nicht sehr ungewöhnlich vor. Menschen, die Begegnungen mit Übernatürlichem hatten – oder wenigstens Begegnungen, die sie selbst für unnatürlich *hielten* – mussten diese Barriere beim Beichten alle überwinden. Das, was Hellmann nun allerdings unmissverständlich spürte, war, dass Winkler nicht wirklich richtig tickte. Dieser Mensch war ganz offensichtlich ziemlich überspannt.

„Erzählen Sie einfach weiter“, ermutigte er Winkler dennoch mit einem Tonfall, der Geborgenheit suggerierte.

„Der Geist hob also seinen Kopf ... ich sah in sein Gesicht ... und ich kann es nicht beschreiben ... es war potthässlich ... die Proportionen stimmten nicht ... seine Augen waren zu klein und die Nase viel zu groß ... na, dieses Antlitz machte mich jedenfalls ziemlich schlagartig nüchtern.“

„Na, das kann ich mir vorstellen", sagte Hellmann jovial und lächelte einladend. Er hatte schon häufiger mit Fällen zu tun gehabt, in denen Engel- oder Dämonenfantasien eine wichtige Rolle spielten, und hoffte, dass Winkler mit etwas erleichterter Seele gehen würde. Natürlich war auch möglich, dass er einen Notdienst-Psychiater alarmieren musste. Auch das war schon vorgekommen.

„Vorstellen? Nein, das können Sie sich wahrscheinlich *nicht*", sagte Winkler jetzt etwas spitz. „Ich glaube es jedenfalls nicht, Herr Pfarrer. Denn was nun passierte, kann wohl nur nachempfinden, wer es selbst erlebt hat. Und ich bezweifle ehrlich, dass es außer mir auf der Welt jemanden gibt, der *das* von sich behaupten kann."

Hellmann beugte sich in seinem Sessel vor und neigte den Kopf dabei leicht nach rechts, um Winkler noch deutlicher ein offenes Ohr zu signalisieren.
    „Der Geist sprach mich an!", sagte Winkler, jetzt viel zu laut und aufgeregt.
    „Ich verstehe", log Hellmann und nickte.
    „Nein, tun Sie eben nicht", erregte sich Winkler.

Hellmanns Besucher wirkte nun für einen Moment etwas ungehalten, aber dem Pfarrer gelang es mit einem Lächeln und dem Nachschenken von etwas frischem Kaffee, ihn sogleich wieder zu beruhigen.
    „Entschuldigung, manchmal rege ich mich etwas auf, wenn ich daran denke, wie das alles begonnen hat … 80 Jahre, meine Güte … danke übrigens für den Kaffee, er ist sehr gut."

Hellmann lächelte weiter etwas bemüht und schaute einen Moment wortlos ins Kaminfeuer. Er mochte Winkler weiterhin. Auch wenn er mittlerweile spürte, dass er ganz recht daran tat, ihn für einen überspannten Selbstdarsteller zu halten.

Auch Winkler hielt einen kurzen Moment inne. Dann erzählte er gefasst weiter.

„Also, jedenfalls, er sprach mich an, dieser Geist."

„Was genau sagte er denn?", fragte Hellmann in einer Mischung aus Interesse und Unglauben.

„Er sagte einfach bloß *Hallo*. Ganz profan: *Hallo*. In sehr nettem Tonfall übrigens. Genau so wie wir jetzt reden. Also sagte ich auch noch mal ‚Hallo'. Natürlich auch wieder ganz nett. Und er fragte keck, ob wir uns vorsichtshalber gleich noch mal ‚Hallo' sagen wollten, oder ob wir lieber zur Sache kommen könnten? Ich muss noch schnell dazu sagen, dass er eine wirklich sonderbare Art hatte, zu sprechen. Es war so ungewohnt, mehr ein leises Hauchen in einer ziemlich hohen Tonlage, so eine Mischung aus der Stimme eines Kindes und der einer alten Frau. Das machte ihn keineswegs sympathischer. Und er hatte dabei so eine lakonische Art, die mich an den Rand der Weißglut brachte. Jedenfalls hauchte er nun, ohne auch nur eine weitere Sekunde an Förmlichkeiten zu verschwenden, beiläufig den folgenden Satz:

‚Und die Sache ist nämlich: Du bist hiermit auserwählt, Josef Winkler.'

Ach, Herr Pfarrer … jahrelang habe ich gedacht … hätte ich doch diesen Satz bloß nie zu Hören bekommen! Immer wieder sagte ich mir: Wäre ich Trottel doch gleich getürmt, statt noch doof-freundlich nachzufragen: ‚Auserwählt? Aber wofür denn?'

Der Geist hob sein kleines, hässliches Gesicht wieder zu mir auf.

‚Na ja, du bist dazu auserwählt, dass du eben ab sofort derjenige Auserwählte bist, der im Himmel einen Wunsch frei hat, der auf jeden Fall erfüllt wird. Und zwar von dem höchsten Wesen von allen Wesen, die es überhaupt im ganzen Universum gibt höchstpersönlich.'"

Winkler schüttelte nun beim Erzählen leicht den Kopf.

„Sie können sich ja vorstellen, dass ich da noch mal nachfragen musste, oder? *Ich* hatte also einen Wunsch frei, den *Gott* auf jeden Fall erfüllen musste? Ich schaute diesen merkwürdigen, winselnden Geist durchdringend an …

‚Ja, ganz genau, exakt', bestätigte der aber nur und lächelte auch noch selbstzufrieden.

Ich hatte das also ganz richtig verstanden, Herr Pfarrer. Und Sie können sich wirklich nicht vorstellen, in was für eine Klemme mich das für den großen Rest meines Lebens gebracht hat …"

Pastor Hellmann gestand sich selbst in dieser Sekunde ein, dass dieser Seelsorgefall tatsächlich mehr als ungewöhnlich war. Ein rüstiger, älterer Herr mit einer wilden Frisur, der behauptete, 113 Jahre alt zu sein und vor 80 Jahren in Berlin von einem hauchenden Geist mit Charakterfehler zu einem freien Wunsch verdonnert zu sein, den Gott angeblich erfüllen musste? Also, das war mal wirklich starker Tobak. Natürlich glaubte er die Geschichte nicht.

„Sie glauben mir wohl nicht, oder?", sagte Winkler in diesem Moment, als wäre es abgesprochen gewesen.

„Doch, doch …", sagte Hellmann.

Ob Winkler merkte, dass er log? Immerhin war der Arme ja offensichtlich so sehr in einer „Klemme", dass er eine solch absurde Geschichte erfinden musste, um sein Lebensleid in eine für ihn erträgliche Form zu bringen. Hellmann hatte das schon ein paarmal erlebt, deshalb wusste er, dass es keinen Zweck hatte, Winkler damit zu konfrontieren, dass er hier offensichtlich den Münchhausen spielte. Also beschloss er, ihm einfach weiter zuzuhören.

„Und … haben Sie … also: *Sie* haben das also … *geglaubt?*", fragte er Winkler ganz behutsam.

„Natürlich nicht! Nicht gleich! Ich bin doch nicht bekloppt!", raunte Winkler und leerte seine Kaffeetasse mit einem tiefen Schluck.

‚Das glaubst du doch wohl selber nicht, du elende Kröte!', hab ich dem Kerl sogar entgegengeschleudert. Aber da hat er mich nur ganz erstaunt angeschaut und mich wieder mit seiner kleinen Fistelstimme angehaucht:

‚Hm? Ja, aber … wieso denn nicht?'

Und dann hab ich ihn gefragt, was oder wer er sich überhaupt einbildet, wer er ist und da hat er wieder so lakonisch gesagt, dass er ‚halt ein ganz normaler Geist ist, der eben vom Himmel für diesen speziellen Sonderfall autorisiert wurde, einen Menschen zu finden, dem jeder Wunsch erfüllt wird, was immer es auch sei, und was ich denn überhaupt für ein Problem hätte?

‚Wenn du vom Himmel kommst', sagte ich barsch, ‚warum siehst du denn dann überhaupt nicht aus wie ein Engel?'

‚Wie meinst du das?', fragte der Geist mich da ganz verblüfft, ‚Ich *sehe* doch aus wie ein Engel. Wie denn sonst?'

Ich gab mich diesbezüglich dann geschlagen, denn ich musste zugeben, dass ich wirklich keine Ahnung hatte, wie Engel normalerweise aussahen."

Hellmann suchte inzwischen angestrengt nach irgendeinem Präzedenzfall in seiner Erfahrungsschatzkiste, aber er fand keinen, so sehr er auch darin wühlte.

Winkler fuhr nun unbeirrt fort.

„Da hab ich ihn natürlich gefragt, wie er ausgerechnet auf mich gekommen ist und die Antwort hat dem Fass dann wirklich den Boden ausgeschlagen … er schaute mich nur an und hauchte wieder heiser:

‚Wieso, ich hab einfach gewartet, bis der Erstbeste mich anquatscht, na ja, und das warst dann eben du, ganz simpel. Warum sich anstrengen, wenn der Knochen doch sowieso zum Hund kommt?'"

Die Empörung war Winkler anzumerken.

„Also, es wäre ja vielleicht alles noch etwas anderes gewesen, wenn ich irgendein besonderer, auserwählter Mensch gewesen wäre, verstehen Sie? Aber einfach so aus purer Faulheit ausgewählt zu werden, hat schon etwas Erniedrigendes, finden Sie nicht auch, Herr Pfarrer?"

Hellmann wusste nicht, was er darauf noch sagen sollte. Aber er verstand, dass Winkler offensichtlich ein Problem mit Selbstannahme hatte. Also nickte er nur leicht und lehnte sich im Sessel zurück, um der verrückten Geschichte einfach kommentarlos weiter zu lauschen.

„Als Nächstes habe ich einen Beweis gefordert. Der Geist verdrehte daraufhin aber nur die Augen: ‚Super, das hab ich schon kommen sehen', sagte er missmutig, überlegte dann aber kurz und erklärte mir schließlich seufzend: ‚Na schön, ich glaub das geht klar. Du sollst deinen Beweis haben. Aber danach gibt es dann keine Kompromisse mehr, also, im Klartext, das bedeutet: Was immer du dir danach wünschst, ein einziges Mal!, das wird erfüllt und danach nichts mehr, verstehst du? Das ist jetzt nur eine absolut ausnahmemäßige Sonderausnahmegenehmigungsausnahmegenehmigung.'

Ein Test. Immerhin! Ich war nun ganz fest entschlossen,

den Geist derart auf die Probe zu stellen, dass er entweder hoffnungslos versagen oder mich wirklich endgültig von der Echtheit seiner irren Geschichte überzeugen würde.

‚Gut, dann wünsche ich mir zur Probe, dass … dass …‘

Ich musste wirklich gut überlegen. Der Testwunsch durfte nicht zu klein sein. Eigentlich musste es ja sogar unmöglich sein, ihn zu erfüllen! Und wie gesagt, Herr Pfarrer, ich war ja Künstler, ein Maler: So ging ich im Geist also die großen Meisterwerke der Weltgeschichte durch und blieb irgendwie in Gedanken bei Michelangelos wundervollen Gemälden in der Sixtinischen Kapelle hängen.

‚Na gut!‘, rief ich also dem Kerl zu. ‚Ich hab's jetzt, du Flasche von einem Geist!‘

‚Bin gespannt wie ein Flitzebogen‘, sagte er mit unangemessen gelangweiltem Unterton.

‚Also, ich wünsche mir zur Probe …‘, verkündete ich nun recht theatralisch, ‚dass im Petersdom in Rom auf Michelangelos berühmtem Bild, und zwar jenem, auf dem Gott den Menschen mit seinem Finger berührt … dass Gott … also … dass Gott auf diesem Bild diesen Ring hier trägt!‘ Ich zückte im richtigen Moment triumphierend einen kleinen grünen Kinderring aus Plastik, den ich auf dem Weg zum Nachtclub auf der Straße gefunden und mir aus irgendwelchen Gründen in die Hosentasche gesteckt hatte.

‚Haha! Und das möchte ich jetzt mal sehen, wie du das anstellen willst!‘

‚Aber das ist doch überhaupt gar keine Schwierigkeit‘, sagte der Geist kokett. ‚Und wie lange soll der Ring auf dem Bild sein? Für immer? Oder begrenzt? Hm?‘

‚80 Jahre!‘, rief ich ihm übermütig zu und hoffte so, den Triumph zu steigern, den ich in dieser Sekunde errang – und vielleicht hoffte ich auch, endlich aus diesem merkwürdigen Traum aufzuwachen. Aber es war kein Traum.

‚O.k., gewährt, ist schon passiert', sagte der Geist stattdessen nur trocken.

‚Gewährt? Ist schon passiert? Ach, im Ernst?', kokettierte ich zurück.

Der Geist bestätigte nochmals, dass das Bildnis Michelangelos in dieser Sekunde nach meinen Vorstellungen geändert worden sei.

Ich wies ihn darauf hin, dass das ja jeder sagen könnte, woraufhin er nur meinte, dass mir wohl nichts übrig bliebe, als nach Rom zu reisen, um mich selbst zu überzeugen.“

Winkler machte nun wieder eine kurze Pause. Er schaute ins Kaminfeuer.

„Ach, Herr Pfarrer … verstehen Sie langsam, auf was meine Geschichte hinausläuft?“

„Noch nicht ganz“, gestand Hellmann. „Bitte erzählen Sie doch einfach weiter.“

Der Seelsorger begann gemächlich, sich eine Pfeife zu stopfen und zündete sie schließlich an. Winkler fuhr fort.

„Ich wusste ja selbst nicht recht, wie mir geschah. Aber es war, als hätte der Geist in dieser Stunde einfach einen Teil von mir in Besitz genommen. Ich verabschiedete mich zwar schnippisch von ihm und schleuderte ihm noch ein ‚Auf Nimmerwiedersehen' hin, als ich ging. Doch er sagte nur gelassen: ‚Aber wir werden uns ja *ganz gewiss* wiedersehen. Ich werde immer hier sein und die ganze Zeit auf dich warten. Bis zu dem Tag, an dem du mir deinen einen großen Wunsch sagen wirst.'

Ich ging nach Hause und war in Rage. Natürlich fand ich in jener Nacht keinen Schlaf, Herr Pfarrer. Ich spürte … ich war bereits tief in der Klemme, gefangen in den gemeinen Klauen, die dieser Geist ganz beiläufig um meine

Seele gelegt hatte. Es war der Unterschied zwischen ‚einfach so vor sich Hinleben' und ‚sich für etwas entscheiden müssen' … Nun ja, ich bin sicher, dass Sie wissen, was ich meine …"

Hellmann nickte. Auch wenn er Winklers Geschichte mit wachsender Vorsicht genoss, er wusste es tatsächlich. So wie alle Menschen, die schon mal an eben dieser Kreuzung gestanden hatten, von der Winkler sprach, dieser Lebensabzweigung, an der es nur ein Rechts oder Links, aber kein Vor und erst recht kein Zurück gab.

Winkler erzählte weiter.

„Am übernächsten Tag bestieg ich also einen Zug nach Rom. Ich reiste direkt in die Sixtinische Kapelle und wäre dort beinahe vom Schlag getroffen worden, denn …"

Winklers Blick weitete sich beim Erzählen.

„Was wollen Sie mir denn jetzt sagen, Herr Winkler …", fragte Pfarrer Hellmann seinen Gast ganz vorsichtig. „Doch nicht etwa, dass …?"

„Doch, genau", sagte Winkler. „Genau das. Michelangelos Gott *trug den verdammten grünen Kinderring aus meiner Hosentasche am ausgestreckten Finger*! Ich wäre beinahe ohnmächtig geworden vor Schreck! Niemand außer mir bemerkte es natürlich, aber es war die Wahrheit. Gott trug meinen Ring und … wissen Sie was? … nur deshalb komme ich ja heute zu Ihnen … die 80 Jahre sind auf den Tag genau in einer Woche vergangen … und zwar morgen früh! Und Gott trägt den Ring immer noch … noch …"

„Also, Entschuldigung" sagte Hellmann und hielt sich nicht länger zurück, „aber das ist wirklich die absolut verrückteste Geschichte, die ich jemals gehört habe …"

„Aber sie *beginnt* ja erst!", fiel ihm Winkler hastig ins Wort. „Sie beginnt ja erst! Ich versuchte mich zu sammeln, denn ich dachte natürlich auch, ich wäre irregeworden. Also stupste ich einen anderen Besucher in der Sixtinischen Kapelle an, einen älteren Herrn mit einer extrem dicken Brille, und fragte ihn, ob er auch diesen grünen Ring an Gottes Finger sehen könne, und er sagte: ‚Ja, schön, nicht? Michelangelo war ja so ein Genie, nicht wahr? Man entdeckt bei ihm ja jedes Mal wieder immer noch was Neues.‘

Verstehen Sie, Herr Pfarrer? Es war real! Jeder, der nur darauf achtete, konnte den Ring sehen … hätte ihn sehen können … Satte 80 Jahre lang! Nun, ich reiste sofort zurück nach Berlin und ging schnurstracks zurück zu dem Laternenpfahl. Und ja, Sie ahnen es sicher, der Geist hockte natürlich da und erwartete mich bereits.

‚Hallo!‘, sagte er fröhlich. ‚Und? Ring gesehen?‘

‚Und ob‘, sagte ich erschöpft. Eigentlich wollte ich ihm an die Gurgel gehen, doch ich gab stattdessen auf, gab mich all dem hin, was da wohl noch kommen mochte.

‚Es ist also wahr, was du gesagt hast …‘, konstatierte ich geschlagen. ‚Also wird das andere wohl auch stimmen, oder?‘

‚Ja, aber ganz selbstverständlich‘, sagte der Geist in der hörbaren Erwartung, dass ich nun gleich meinen eigentlichen Wunsch aussprechen würde.

Aber das tat ich nicht.

Denn ich hatte nicht den kleinsten Schimmer einer Ahnung, woraus dieser Wunsch wohl bestehen sollte.

Und hier, an dieser Stelle meines Lebens begann das *wirkliche* Martyrium der letzten 80 Jahre, Herr Pfarrer. Deshalb bin ich zu Ihnen gekommen. Und all die Jahre, bis ich mich heute Abend auf den Weg zu Ihnen gemacht habe, ersehnte ich im Leben nichts dringender als Erleichterung … und mehr noch … ich werde nur in Frieden sterben können, wenn ich den Wunsch ausgesprochen habe.“

„Ich verstehe nicht", sagte Hellmann, nun wieder aufrichtig mitfühlend. Der eben noch so energisch und aufgeregt wirkende Winkler trug plötzlich das dunkle Seelengewand eines deprimierten Verlierers.

„Nein, das können Sie wohl auch nicht … noch nicht", sagte Winkler und ließ seinen Kopf erschöpft etwas nach vorn sinken.

„Erzählen Sie nur weiter", ermutigte ihn Hellmann erneut.

„Ich war ja damals ein stolzer Bursche, jung und unerfahren. Ich ging nach Hause in mein Atelier und legte mich hin. Ich versuchte, die Gedanken abzuschütteln, die der Geist wie ein klebriges Spinnennetz in meinem Kopf ausgebreitet hatte. Aber es ging nicht. Ein Wunsch! Ich hatte einen Wunsch frei … ich hatte einen Wunsch frei … ich war ein Auserwählter … ich … ich hatte die Macht, alles zu verändern, niemand, nicht mal Gott selbst, der zum Beweis ja meinen grünen Kinderring trug, konnte sich meinem Wunsch verweigern. *Ich* hatte Macht … unendliche Macht … unfassbare Macht … jenseits aller Vorstellungskraft und Möglichkeiten … Verstehen Sie? Ich kam mit dem Gedanken überhaupt nicht zurecht … und es war mir vollkommen unmöglich, mich mit mir selbst auf einen Wunsch zu einigen. Unmöglich! Es ist mir nie gelungen, Herr Pfarrer, achtzig Jahre lang nicht. Verstehen Sie nun langsam das Ausmaß meiner ganzen Lebenskatastrophe? Mein ganzes Leben seither … meine letzten achtzig Jahre drehten sich allein um diesen Wunsch. Ich habe nicht wirklich gelebt, da ich in Gedanken gar nicht wirklich *da war*. Wie hätte ich es auch gekonnt? In allem war da ja stets dieser Geist, der unter dem Laternenpfahl auf mich wartete und mich drängte, einen Wunsch auszusprechen, den ich mich nicht zu haben traute. Können Sie sich vorstellen, in was für Situationen ich allein durch die geschichtliche Entwicklung der Welt geraten bin? Ich hatte damals gerade beinahe zum ersten Mal meinen Frieden damit, dass es mit dem Wunsch noch etwas länger Zeit haben würde … doch als dann die Nazis an die Macht kamen und wir alle spätestens Anfang der 40er Jahre spürten, was passierte, war ich doch auf schreckliche Weise herausgefordert. Ich hätte mir ja nur wünschen müssen, dass Hitler einen tödlichen Autounfall hat, verstehen Sie? Oder dass ihm ein dicker Blumenkübel auf den Kopf fällt! Dann wäre alles anders gekommen. Oder später, als die Gerüchte umgingen und die Zeitungen davon schrieben, dass die Amerikaner auf den Angriff der Japaner auf Pearl Harbor mit einem atomaren Gegenschlag reagieren könnten … Ich hätte mir doch nur wünschen müssen, dass es nicht so kommen möge und Hiroshima und Nagasaki wären nie geschehen … All der menschliche Irrsinn, der Schaum vorm Mund der ganzen Welt, all die Morde, die sich abgezeichnet haben … die Naturkatastrophen … den Tsunami, den Wirbelsturm Katrina … ich hätte das alles verhindern können … aber damit nicht genug. Die Jahre vergingen und ich kehrte immer wieder zurück zu dem Laternenpfahl, wo der Geist beharrlich auf mich wartete. Immer wenn ich kam, war er schon da und begrüßte mich mit diesen dämonisch gewimmerten, hingehauchten Worten:

‚Na, und? Hast du dich endlich entschieden?'

Ich hatte stets den Kopf geschüttelt und ihn vertröstet, auf ‚vielleicht morgen, vielleicht nächste Woche, vielleicht nie'.

Und so hatte ich es auch wirklich gemeint. Ich versuchte, normal zu leben und nicht daran zu denken. Ich lehrte als Professor für Kunstgeschichte und vermied es, über Michelangelo zu dozieren. Nur einmal sah ich ganz zufällig eine Fotografie des Bildes, auf dem Gott meinen Ring trug. Es fühlte sich schrecklich an. Ansonsten blieb ich allein, denn ich fürchtete, dass mein Wunsch sich sonst im Affekt lösen könnte, vielleicht provoziert durch einen Streit oder eine Ungerechtigkeit. Und ich begann, je mehr relative Ruhe ich fand, mich mit der *Möglichkeit* zu arrangieren, den Wunsch nie auszusprechen. Ich begann zu lernen, abzuwägen. Die Macht zu haben war das eine, sie im richtigen Moment für die wirklich größtmögliche Sache einzusetzen das andere. Mir wurde im Laufe der Jahre durch das viele Nachdenken bewusst, dass ich ja nicht Gott war, auch wenn ich durch eine List dieses Geistes oder des Schicksals, oder wie auch immer Sie es nennen möchten, in die Lage geraten war, mich für einen Moment eben verhalten zu dürfen wie Er. Ja, ich hatte zweifellos durch den Wunsch die Macht, etwas Großes zu schaffen, aber ich musste dabei doch unbedingt so klug sein, dass der Wunsch weder profan verpuffte, geschweige denn, dass seine Erfüllung etwas Schlechtes für jemand anderen bedeutete, während es nur mir persönlich gleichzeitig wie etwas Gutes oder Nützliches vorkäme. Die Unmöglichkeit darin zu erkennen, hatte schon etwas Erleichterndes. Verstehen Sie, was ich meine? Wenn ich mir gewünscht hätte, dass niemand auf der Welt jemals mehr leiden muss oder eine Krankheit bekommt, hätte ich ja nicht nur die Medikamentenindustrie geschädigt, sondern womöglich etwas ganz Grundsätzliches ins Ungleichgewicht gebracht. Wenn ich zusätzlich sogar so weit gegangen wäre, mir zu wünschen, dass es in den Menschen keine kriegerischen Gedanken und keinen Mord mehr gegeben hätte, wäre ja die Weltbevölkerung innerhalb kürzester Zeit derart explodiert, dass womöglich die Nahrungsmittel nicht für alle gereicht hätten. Ich hätte die ganz natürlichen Abläufe sabotiert, verstehen Sie? Ich stellte also fest, dass es mir nicht gegeben war, diese Dinge zu entscheiden, da mir schlicht der *göttliche Blick* für das große Ganze fehlte. Also überlegte ich, meinen Wunsch vielleicht doch für etwas ganz Profanes zu benutzen. Die romantische Liebe kam mir in den Sinn. Für mich selbst! 1958 verliebte ich mich tatsächlich in ein wunderbares Mädchen. *Endlich* verliebte ich mich. Sie hieß Marlene und war das tollste Fräulein der ganzen Stadt. Aber sie kümmerte sich leider nicht um mich. Nicht die Bohne! Sie ignorierte mich einfach, sogar, als ich ihr einen netten Brief geschrieben und sie darin in ein italienisches Restaurant eingeladen hatte. Es war schrecklich deprimierend. Ich war kurz davor, zu meinem Geist zu gehen und mir zu wünschen, dass sie mich gefälligst zurücklieben sollte, aber ich schreckte in letzter Sekunde doch zurück. Was, wenn ich mich selbst nicht recht kannte, wenn ich sie, sobald ich in ihr hatte, was ich begehrte, selbst gar nicht länger wirklich so sehr liebte, wie ich vorher dachte? Was, wenn ihr von Gott geschenktes Schicksal sein sollte, Kinder mit jemandem zu bekommen, der keineswegs ich war? Was, wenn ich sie vielleicht schrecklich unglücklich machen würde, wenn ich schlicht und einfach der klassische „falsche Kerl" gewesen wäre? Was, wenn ihre Ignoranz mir gegenüber einfach „richtig" wäre? Sie ahnen es. Ich konnte es nicht tun. Die Zweifel waren zu stark. Zweifel. Immer Zweifel. Jeder Wunsch war immer gleich vom Virus des Zweifels besetzt. Mein ganzes Leben war ein einziger, gigantischer Zweifel. Manchmal war ich kurz davor, mir selbst Reichtum zu wünschen, aber auch das kam mir sogleich wahnsinnig egoistisch vor. Es hätte mich verfolgt. Wie hätte ich je wieder ruhigen Gewissens in einen Spiegel schauen können? Anderen Einzelpersonen oder Ländern irgendetwas konkret Gutes zu wünschen, war mir auch zu ‚klein'. Es musste ja entweder etwas so Großes sein, von dem die ganze Welt auf ewig profitieren würde … oder eben … gar nichts? Zweifel! Verdammte Zweifel!"

Pfarrer Hellmann nickte immer wieder, während Winkler atemlos erzählte. An dieser Stelle jedoch stellte er seinem offensichtlich verwirrten Gegenüber eine kurze Zwischenfrage, die ihm schon seit Minuten auf der Seele lag.

„Sind Sie eigentlich ein gläubiger Mensch, Herr Winkler?", fragte er seinen Gast und suggerierte damit, dass im ganzen Universum wohl nur der Glaube, der deutlich in die Gewissheit spielte, dem Zweifel überlegen wäre.

„Gläubig?" Winkler lächelte. „Ja, ich wurde es im Laufe der Jahre. Zunächst langsam, heimlich, nicht offiziell. In den späten Sechzigern konvertierte ich aber schließlich zum Katholizismus. Natürlich ohne jemals mit jemandem in der Kirche über meinen bescheuerten Geist zu sprechen."

Winkler lachte kurz etwas irre.

„Da wären sicher die Exorzisten bei mir angerückt, denken Sie nicht? Also ... aber ja, ich wurde gläubig, immer mehr. Es hat mir gut getan, mich im Meer der Religion und der Rituale zu baden. Wirklich gläubig wurde ich dann erst ... viel später. Aber ich weiß nicht ... anfangs habe ich oft das Gefühl gehabt, den Glauben nur als Maulesel zu benutzen, der mir die Last meines schrecklichen Wissens ein wenig erleichtern sollte. Und er verschaffte mir ja tatsächlich ein Alibi ... denn ich begann nun zu beten, statt zu dem wartenden Geist zu gehen und den Wunsch auszusprechen. Alles, was ich mir wünschte, die vielen kleinen, unerfüllbaren Dinge, die Möglichkeiten ... Anstatt zu meinem Laternengeist zu rennen und sie als ‚den einen Wunsch' einzulösen, schickte ich sie alle als einfache Gebete zu Gott ab. Der übrigens, ich möchte daran erinnern, die ganze Zeit meinen Ring trug ..."

Winkler lachte kurz auf und warf einen Blick in seine leere Kaffeetasse.

„Das ist eine wirklich sonderbare Geschichte", sagte Hellmann, während er Winkler den Rest des längst kalten Kaffees nachschenkte. „Wie geht sie aus? Warum sind Sie also hier?"

„Ich habe etwas verstanden. Und letzte Woche habe ich ein Geschäft mit dem Geist gemacht", sagte Winkler gefasst.

„Etwas verstanden? Ein Geschäft?", fragte Hellmann.

„Ja. Er wartet ja dort immer noch auf mich, jedes Mal, wenn ich an der Laterne vorbeikomme. Er ist immer da und fragt mich, ob ich mich nun entschieden habe … und ich habe mich wirklich entschieden. Nun muss ich meinen Frieden machen. Letzte Woche ging ich zu ihm und bat ihn darum, dass ich ihm den Wunsch auf dem Sterbebett sagen dürfte. Das setzte natürlich voraus, dass er dann zu mir käme, wo auch immer ich dann bin."

„Und?", brannte Hellmann auf die Antwort des Geistes.

„Er war sehr erleichtert und erklärte mir, dass er schon seit Jahren auf diesen Moment wartete. Und dass es aus irgendwelchen mysteriösen Gründen zu meinem persönlichen Lebensplan gehörte, dass ich nicht sterben würde, bevor ich nicht den einen Wunsch ausgesprochen hätte. Und dann seufzte er erleichtert, dass er dann ja endlich mal wieder was anderes tun könnte, als wie ein Blöder an dem langweiligen Laternenpfahl herumzulungern. Tja, und dann hat er es mir zugesagt, unter der ernsten Bedingung, dass ich ihm verspreche, den Wunsch dann auf meinem Sterbebett aber auch wirklich auszusprechen".

„Sie …". Hellmann zögerte. „Sie wissen also jetzt, was Sie sich wünschen werden?"

„Ja", sagte Winkler erleichtert, „ich weiß es. Das ist es, was ich verstanden habe. Doch ich musste zuvor zu Ihnen kommen und über die Schuld meines Lebens reden, die ich mir in den Jahren durch meine klägliche Unentschlossenheit aufgeladen habe. Ja, ich hätte Milliarden von Leben retten, Kriege und Flutkatastrophen und Morde und Seuchen verhindern können. Aber das war es nicht. Ich hätte Menschen glücklich machen können. Wenigstens mich selbst. Darin habe ich mich schuldig gemacht, Herr Pfarrer, denn ich habe in meinem ganzen Leben nicht geliebt. Ich habe niemanden geliebt, in all den Jahren. Ich habe nicht mal meinen Blick zur Liebe gewendet, nicht eine Sekunde. Und wissen Sie was? In dieser Liebe hätte ich mir *alles* wünschen können. Und *alles* wäre gut gewesen. Aber ich habe mich reinlegen lassen. Verstehen Sie? Von wem? Keine Ahnung. Von dem Geist? Wohl kaum … von mir selbst? Schon eher … das Positive allerdings ist, dass ich es vielleicht gerade noch rechtzeitig sehen kann. Ich wollte und durfte diese Wahrheit nicht mein Leben lang verschwiegen und am Ende mit in die dunkle Tiefe des Grabes genommen haben."

Hellmann spürte die ungeheure Wucht, die in Winklers Worten und seinen Gesten lag und die jetzt wie das Licht vom Grund eines Sees durch die Absurdität des ganzen Abends an die Oberfläche dämmerte.

„Aber diese Schuld, von der Sie sprechen", sagte er zögerlich und schaute ins Kaminfeuer, als wäre ein ferner Horizont darin verborgen, „wie könnten Sie überhaupt schuld sein, bei all dem, was Ihnen mit der bloßen Möglichkeit des erfüllbaren, des einen Wunsches als Last auferlegt worden ist?"

„Sie haben nicht verstanden, Herr Pfarrer", sagte Winkler etwas enttäuscht und schaute nun ebenfalls lange ins Feuer.

„Vielleicht verstehe ich es, wenn Sie mir erklären, was genau Sie sich auf dem Sterbebett wünschen werden?"

„Ich werde mir das eine, das Einzige wünschen, das wir alle erbitten werden, wenn wir uns auf den Weg machen, dem zu begegnen, der alle einzelnen Wünsche und die Widersprüchlichkeit in ihnen nicht nur erkennt, sondern sogar lenkt."

Winkler schaute kurz zur Wanduhr über dem Kamin und sprach weiter.

„Das, was das Licht desjenigen im letzten Moment in unser Herz leuchten wird, der noch sieben Minuten lang einen grünen Kinderring trägt."

Winkler lächelte Hellmann milde an und zeigte dabei wieder seine nette Zahnlücke. Hellmann schaute nun ebenfalls auf die Wanduhr.

Sieben vor zwölf.

„Schade, dass ich den Ring in Michelangelos Bild also nie sehen werde", sagte er und gab Winkler mit seinem Tonfall nochmals die klitzekleine Chance, den ganzen Abend als wirren Scherz eines altersweisen Komikers zu enttarnen.

„Ja, wirklich schade", sagte Winkler stattdessen nur.

Kurz darauf schlug die Uhr Mitternacht. Winkler stand auf und reichte Pfarrer Hellmann die Hand.

„Ich bin Ihnen wirklich unendlich dankbar, dass Sie mir zugehört haben. Wirklich."

Hellmann nickte.

„Ich fand den Abend auch sehr bereichernd, Herr Winkler. Sagen Sie mir nun noch den Wunsch?"

„Das habe ich doch schon!"

„Ich fürchte, ich habe es vielleicht immer noch nicht verstanden."

„Oh, doch, da bin ich ganz sicher, Herr Pfarrer. Denn ist es nicht auch ihre Erkenntnis, dass wir alle allein deshalb auf ewig schuldig bleiben werden ... an allem, an uns, an der Welt, an den Menschen, an Gott … weil wir keine Ahnung haben, was wir sind und tun? Was bleibt uns also übrig, als in das letzte Gebet des Einen einzustimmen, dem Gott keinen einzigen Wunsch abschlagen wird, weil Er selbst dieser Mensch gewesen ist?"

Hellmann nickte. Nun glaubte er, verstanden zu haben. Winkler sprach von Jesus und seinem Gebet am Kreuz um Vergebung für all jene, die nicht wissen, was sie tun. Winklers großer letzter Wunsch würde Vergebung sein. Für sich. Für alle anderen. Hellmann widerstand dem nun drängenden Impuls, sich bei Winkler dafür zu entschuldigen, dass er ihn für einen Irren gehalten hatte. Er war ja auch immer noch nicht so ganz sicher, dass er nicht doch einer war. In jedem Fall fühlte Hellmann sich selbst aber durch den Abend wirklich beschenkt. Es kam ihm vor, als hätte Winkler nur durch sein lebenslanges Zweifeln und Leiden etwas wirklich Bedeutsames gelernt und ausgesprochen, das er anders wahrscheinlich niemals hätte erkennen können. Und darin fand nun auch Hellmanns Herz Trost. Die ewige Währung der Welt, diese Medaille des Leidens, hat niemals nur eine dunkle, sie hat mit der Möglichkeit der Erkenntnis immer auch diese wunderschöne, glänzende Seite, die allein uns wirklich bereichern kann, resümierte er still und warf dabei einen letzten Blick auf die ausglühenden Holzscheite im Kamin.

„Wo gehen Sie jetzt hin, Herr Winkler?", fragte er seinen Gast.

„Ich hol jetzt meinen Geist an der Laterne ab, um ihn dann demnächst mal ganz gepflegt auszuhauchen", lächelte Winkler und griff zur Türklinke.

„Ich wünsche Ihnen Segen", sagte Hellmann und lächelte ebenfalls.

Nachdem er Winkler noch hinausbegleitet, ihn freundschaftlich verabschiedet und ihm noch eine Weile hinterhergeschaut hatte, schloss Hellmann die Tür und ging zielstrebig und schnellen Schrittes zu seiner Bücherwand im Wohnzimmer. Er zog den Fotoband über Michelangelos Kunstwerke in der Sixtinischen Kapelle aus dem Regal und begann darin zu blättern. Während er es tat, lächelte er milde über sich selbst. Wie absolut albern es doch war, überhaupt nachzusehen. Er fand die Seite mit einer Fotografie des Gemäldes, kniff die Augen zusammen und schaute sehr genau hin. Dann, als er auf dem Foto den grünen Plastikring an Gottes Finger entdeckte, schloss er die Augen und schüttelte vehement den Kopf über sich selbst.

Zweifel.

Glaubte er denn nicht wirklich daran, dass Gott für jeden einzelnen Menschen einen individuellen, ganz besonderen Weg hatte, der uns am Ende alle an die große Pforte führte, die sich nur mit den verschiedenen Schlüsseln der Liebe öffnen ließ?

Hellmann stellte das Buch zurück und sprach ein stilles Gebet für Josef Winkler. Dann eines für sich. Er schloss sich darin dem letzten Wunsch seines ungewöhnlichen Gastes von Herzen an. Und dann schaute er noch eine Weile nachdenklich an die Wand.

DER FALL DUNBAR

Miss Sybill war schon oft Teil einer Geschworenen-Jury gewesen. Es machte ihr sogar ein bisschen Spaß, denn es verschaffte ihr doch immer das Gefühl, Teil von etwas Großem zu sein. Und damit meinte sie nicht nur das amerikanische Justizsystem, sondern etwas noch Größeres. Miss Sybill war eine überzeugte Christin und sie fühlte sich so als Teil von Gottes Gerechtigkeitsplänen für die Welt. Natürlich, es war nicht viel, was sie tat, aber sie übernahm Verantwortung und half dabei, Menschen, die sich schuldig gemacht hatten, ihrer gerechten, weltlichen Strafe zuzuführen. Dass Gottes Gerechtigkeit höher war als all das, war ihr natürlich bewusst. Sie glaubte an die Vergebung, spätestens seit sie ein Buch darüber gelesen hatte, in dem erklärt wurde, wie die Worte von Jesus wohl genau gemeint waren. Ja, sie hatte verstanden, dass alle Sünden vergeben werden, aber auch, dass die alttestamentarischen Gesetze natürlich auch weiter ihre Berechtigung hatten. Sonst hätte Gott sie ja nicht erlassen. Das war ganz klar. Gottes Wort war schließlich Gottes Wort. Man musste trennen zwischen dem Vergebungssystem Gottes und dem der Menschen, denn wenn Menschen immer alles vergeben würden, dann wären die Gefängnisse leer und viele böse Menschen würden weiter ganz ungestört ihre bösen Taten verüben. Dass das nicht sein durfte und Gott das natürlich auch nicht befürworten konnte, das wusste Miss Sybill ganz sicher.

Zweimal war sie als Geschworene sogar schon an Prozessen beteiligt gewesen, in denen es um Leben und Tod ging. Und einmal wurde der Angeklagte tatsächlich schuldig gesprochen und später durch eine tödliche Injektion hingerichtet. Bei dem Gedanken war Miss Sybill nicht sehr wohl gewesen, aber sie hatte sich am Ende doch aus voller Überzeugung den anderen Geschworenen in ihrem Urteil angeschlossen. Es konnte ja keinen Zweifel an der Schuld des Angeklagten geben. Deshalb war es dann so in Ordnung. Dafür hatte sie aber noch am gleichen Abend für seine arme Seele gebetet. Sie erzählte gern von diesen Erlebnissen und Abenteuern, wenn sie sonntags in die Gemeinde ging. Und sie ging regelmäßig, nicht nur, weil sie dort die beste Klavierspielerin war, sondern auch weil sie es insgesamt sehr schön fand, mit Gleichgesinnten zusammen zu sein. So konnte sie zum Beispiel ihr Wissen auch an Jüngere oder Unreifere weitergeben und auch das mit der Todesstrafe und dem Unterschied zwischen Menschengericht und Gottesgericht gut erklären und auch damit ja schon wieder etwas Gutes tun. Junge Leute brauchten ja vor allem Verständnis und gesunde, biblische Lehre.

Als Miss Sybill heute den Gerichtssaal betrat, wusste sie schon, dass es keine große Sache werden würde. Jedenfalls nicht im Sinne von Gewissensentscheidungen, die sie selbst am Ende belasten würden. Heute ging es nicht um Leben und Tod, sondern, wenn sie es richtig verstanden hatte, nur um eine mögliche Haftstrafe von fünf Jahren. Ein Mann war angeklagt worden, seine Frau schrecklich misshandelt zu haben. Er sollte sie so brutal malträtiert haben, dass sie schwere körperliche Verletzungen davongetragen hatte. Und das war ja eben nur der körperliche Aspekt, aber Miss Sybill sah natürlich auch den seelischen. Sie selbst war früher einmal mit einem Mann verheiratet gewesen, der zu Gewalt neigte und später zum Alkoholiker geworden war. Auch er hatte sie geschlagen, sogar mehrfach. Sie hatte sich schließlich scheiden lassen, aber erst nach drei Jahren der Marter. Bis dahin hatte ihr einfach der Mut gefehlt. Miss Sybill war ja auch erst später Christin geworden. Und darüber war sie froh, denn sie hatte sich schon mehrfach ausgemalt, dass sie sich als Christin womöglich gar nicht hätte scheiden lassen, wie schlimm es auch hätte sein mögen mit Harry. So hatte ihr Mann geheißen, Harry. Es fühlte sich komisch an, darüber nachzudenken, ausgerechnet heute. Sie hatte eigentlich schon seit Jahren nicht mehr an Harry gedacht. Seit sie damals gehört hatte, dass er gestorben war. Ihre Schwester hatte ihr das erzählt und die hatte es selbst irgendwo aufgeschnappt. Ob es stimmte oder nicht, wusste Miss Sybill gar nicht genau, aber für sie reichte es auch als Symbol. Er war tot. Für sie war er das ja sowieso. Sie hatte deshalb nie über ihre Ehe, geschweige denn über ihre Scheidung geredet. Schon gar nicht in der Gemeinde. Lasst doch die Toten ihre Toten begraben. Ja, genau so war es. Harry ging sie nichts mehr an. Und niemanden sonst.

Aber heute ging es ja nicht um die Toten. Es ging um die Lebenden und einer von den Lebenden hatte einem anderen, in diesem Fall auch noch einer armen, wehrlosen Frau, etwas sehr, sehr Böses angetan.

Miss Sybill setzte sich auf ihren angestammten Platz auf der Geschworenenbank. Sie nickte ihrem Nachbarn, Mr. Jefferson, freundlich zu, und schaffte es auch noch, Mrs. Higgins zuzulächeln, die ganz außen saß. Sie ging auch in eine Gemeinde, zu den Baptisten. Dann ertönte schon der Klang des Hammers, mit dem Richter Wigglebottom den Prozess eröffnete. Nach den üblichen Einleitungsworten und Formalitäten erteilte Wigglebottom zunächst der Anklage das Wort. Der Staatsanwalt, Mr. Hilton, erhob sich selbstbewusst und begann, den Anwesenden und den Geschworenen den Sachverhalt der Tat zu beschreiben. Der Angeklagte, ein Farbiger namens Carl Dunbar, wurde beschuldigt, seiner Gattin Myrna mit Fäusten und Tritten so zugesetzt zu haben, dass wohl anzunehmen war, dass er bei der Tortur sogar ihren Tod billigend in Kauf genommen hatte.

Miss Sybill mochte den Anwalt Mr. Hilton. Er war ein so stattlicher Mann, immer so fein angezogen und mit so hübschen Krawatten und Manschettenknöpfen und so klug. Integer. Das war das Wort, das ihr immer als Erstes einfiel, wenn sie an Mr. Hilton dachte. Hilton schritt langsam durch den Saal. Er redete ruhig und sachlich.

„Meine Damen und Herren, hohes Gericht, verehrte Geschworene. Es besteht überhaupt kein Zweifel daran, dass der hier Anwesende Carl Dunbar des Vergehens schuldig ist, dessen er bezichtigt wird. Glauben Sie mir, es wird uns viel Zeit sparen, das gleich zu Beginn als Tatsache zu begreifen. Im Übrigen hat Dunbar das Verbrechen bereits gestanden, es wird also zu keinerlei Komplikationen kommen und wir alle werden sicher rechtzeitig zum Lunch fertig sein. Gegenüber in Barry's Diner gibt es heute übrigens ein sehr empfehlenswertes Tagesgericht … habe ich gehört." Er grinste.

Einige der Anwesenden lachten über diese Bemerkung Hiltons. Auch Miss Sybill musste grinsen, aber als Geschworene war sie dazu angehalten, von Gefühlsregungen während des Prozesses abzusehen und deshalb beherrschte sie sich. Hilton fuhr fort und legte nun deutlich mehr Eifer in seinen Vortrag.

„Dieser Mann, verehrte Geschworene hat die Tat gestanden! Jawohl! Er hat gestanden, seine Frau Myrna mit Fäusten und Tritten malträtiert zu haben, bis sie ohnmächtig war. Er hat rücksichtslos wie ein Besessener auf sie eingeprügelt, ich sage das ganz unverblümt, ja, sie fast zerfetzt! Eine arme, wehrlose, gute Frau. Eine treue Frau! Und das Motiv für die Tat, liebe Geschworene, war der blanke Hass. Ich sage es nicht gern, aber es gibt keine andere Beschreibung dafür. Dieser kräftige Mann, 85 Kilo schwer, schlug seine bedauernswerte, zierliche Frau, 49 Kilo schwer, bis aufs Blut, meine Damen und Herren, ja, bis aufs Blut. Diese Tat ist durch nichts zu rechtfertigen und durch nichts zu entschuldigen. Ich fordere für diesen Mann – für Carl Dunbar! – die in diesem Falle angemessene Höchststrafe, nicht von fünf, sondern von acht Jahren Gefängnis ohne Bewährung!"

Noch während Hilton sprach, ließ Miss Sybill ihren Blick zu dem Angeklagten schweifen. Ein Koloss von einem Mann, dieser Dunbar. *Komisch*, dachte sie gleich, *er wirkt so unbeteiligt.* Miss Sybills Blick blieb auf ihm haften. *Er sieht eigentlich ganz sanft aus. Ja, aber so ist es doch oft! Ich wünschte, ich könnte seine Augen besser sehen. Es ist immer wichtig, den Angeklagten in die Augen zu schauen. Oh, da! Jetzt kann ich sie sehen. Da, da hat man's ja wieder! Ja, auf den ersten Blick sehen sie immer sanft aus, diese Scheusale, wie die Lämmer, aber dann, wenn sie ihre Augen offenbaren, dann kommt die Wahrheit ans Licht.* Sie konnte nun Dunbars Augen gut erkennen, denn der Winkel war günstig. Sie betrachtete sie. Erst ganz vorsichtig, dann ganz entschlossen. *Oh ja, was für eine Bestie doch hinter diesen Augen schlummert*, dachte Miss Sybill, *ja, ich kann es sehen, Gott selbst zeigt es mir, das abgrundtief Böse, das sich hinter dieser sanften Fassade versteckt, ich sehe es, ich spüre es förmlich, so, wie ich es schon immer gespürt habe, dieses Biest, diesen Dämon der Gewalt, der diesen Mann beherrscht. Mir kann er nichts vormachen, jetzt nicht mehr! Hilton hat ja so recht, dieser Mann ist ein Teufel. Schuldig. Schuldig!*

Hilton beendete derweil sein kurzes und zielstrebiges Plädoyer. Ein zustimmendes Raunen ging durch den Saal. Der Fall war schon klar. Carl Dunbar saß derweil völlig regungslos auf seinem Stuhl. *Wie ein narkotisierter Wolf,* dachte Miss Sybill.

Richter Wigglebottom forderte nun Dunbars Verteidiger – einen gewissen Horatio Newton – auf, sein Plädoyer zu halten und gegebenenfalls Zeugen aufzurufen, sofern er welche hätte und es überhaupt noch nötig wäre. Auch in Wigglebottoms Tonfall schwang der von Hilton bereits so trefflich formulierte Wunsch mit, früh Feierabend zu machen und das Tagesgericht, drüben in Barry's Diner, zu probieren.

Newton, ein junger Anwalt von höchstens 40 Jahren, stand behutsam auf.

„Sehr verehrte Anwesende, verehrte Geschworene", begann er mit ruhiger, aber fester Stimme. „Ich möchte mich kurzfassen, denn ich habe tatsächlich einen Zeugen, eine Zeugin besser gesagt, die alles, was ich ihnen nun in wenigen Worten zu sagen habe, auf dramatische Weise bekräftigen wird. Ich plädiere auf unschuldig in allen Anklagepunkten wegen Notwehr und unerträglicher, ich sage es gleich nochmals: *unerträglicher,* seelischer Grausamkeit."

Miss Sybill traute ihren Ohren kaum. *Seelische Grausamkeit? Unerhört! Er ist ein Schwein, dieser Dunbar, ein Wolf im Schafspelz! Ich kann es sehen! Er hat die gleichen, gemeinen, bösen Au-*

gen wie ... Ich kenne diese Augen ... Seine Augen sind so ... sie
sind so grausam ... Ich kenne dieses Spiel schon ... und ich kenne
diese Augen ... Es ist immer das Gleiche ... nein, schuldig! Er ist
schuldig, ich weiß es ja.

Ihre Gedanken rasten. Miss Sybill hatte Mühe, sich ruhig auf ihrem Platz zu halten. Am Liebsten wäre sie aufgesprungen und hätte der ganzen Verteidigungsfarce eigenhändig ein Ende bereitet.

„Jawohl, ich wiederhole es gern", sagte Horatio Newton entschlossen in die Irritation aller Anwesenden, „unschuldig in allen Anklagepunkten aufgrund von Notwehr und seelischer Grausamkeit! Das Geständnis meines Mandanten wird hiermit wegen vorübergehender und absolut nachvollziehbarer Unzurechnungsfähigkeit im Affekt angefochten".

Es ging ein Raunen durch die Menge. Newton fuhr fort: „Ich rufe als Zeugin ... Myrna Dunbar."

Unter dem Gemurmel der Anwesenden betrat die geschundene Frau des Angeklagten den Gerichtssaal. Myrna Dunbar waren die Folgen der Prügelei noch deutlich anzusehen. Sie hatte ein Veilchen und trug eine Halskrause und Verbände und Pflaster an verschiedenen Körperstellen. Sie humpelte angestrengt durch den Raum und setzte sich in den Zeugenstand.

Oh, die Arme, dachte Miss Sybill, es ist so schrecklich, dass sie sich dem jetzt aussetzen muss, nur weil dieser Newton, dieses herzloses Schwein, ein juristisches Spiel aus all dem hier macht. Versteht denn hier niemand, was die arme Frau durchgemacht hat, und nicht nur sie, sondern ... Ich könnte platzen vor Wut ... Schluss mit dem bösen Spiel ... Schuldig! Er ist schuldig!

Richter Wigglebottom ließ Myrna vereidigen und gab das Wort zurück an Horatio Newton.

„Misses Myrna Dunbar, richtig?", fragte er sie freundlich und bestimmt.

Myrna nickte wortlos.

„Würden Sie dem Gericht bitte laut hörbar einfach mit Ja oder Nein antworten, Mrs. Dunbar?"

Als Myrna Dunbar ihren Mund zum Sprechen öffnete, war es, als würde ein kalter Wind durch den Raum wehen, der die Kraft hatte, alle anwesenden Seelen zu vereisen.

„Ja", sagte Myrna und man konnte förmlich spüren, wie allen Anwesenden im Saal der kalte Schauer durch Mark und Bein drang.

„Hätten Sie die Güte, uns mit ihren eigenen Worten zu erzählen, was sich an dem Abend zugetragen hat, als der Beschuldigte, Ihr Mann Carl Dunbar, Sie angegriffen hat?", sagte Newton gefasst.

„Er schlug mich. Erbarmungslos. Er wollte mich töten", sagte Myrna mit gefasster Sachlichkeit, ohne das Eis verbergen zu können, das sie beseelte.

„Bitte schildern Sie uns den Abend doch etwas detaillierter, Mrs. Dunbar", insistierte Newton.

Oh, diese arme Frau, dachte Miss Sybill erneut.

„Er schlug mich. Ohne Grund. Er ist ein schwacher Mann. Er ist ein Nichts", sagte Myrna.

Es war dabei nicht so sehr, *was* sie sagte, sondern mehr *wie* sie es sagte. Es war ihre Seele, die sich in ihren Worten offenbarte. Dazu gehörte mehr als der Klang. Es war ihr Innerstes. Und niemandem im Saal war es möglich, die tiefe Boshaftigkeit darin nicht zu spüren. Oder besser: fast niemandem.

Erneut ging ein leises Raunen durch den Saal. Aber es war jetzt vorsichtig, sogar ängstlich. Der Respekt vor Myrna Dunbar war greifbar. Es war die Art von ängstlichem Respekt, den man einem angeschossenen Tiger entgegenbringt, der in zwei Meter Entfernung die Zähne fletscht.

„Ja, aber wie genau hat sich dann der Tathergang ergeben, Mrs. Dunbar?", hakte Newton nach. „Würden Sie uns bitte beschreiben, welche Art von Dialog Sie zuvor geführt haben?"

„Dialog? Es hat nie einen Dialog zwischen uns gegeben. Ein gebildeter Mensch wie ich und ein dummes, wildes Tier wie er haben nicht die Möglichkeit für einen Dialog", antwortete Myrna. Der offene Hass in ihrer Stimme veranlasste die Sensibleren im Saal, für einige Sekunden Hilfe suchend die Augen zu schließen.

„Nun, ich meine das Gespräch, das der Tat unmittelbar vorausging, Mrs. Dunbar. Würden Sie uns das bitte beschreiben?"

„Wenn Sie es unbedingt wünschen", sagte Myrna und lächelte herablassend.

„Ja, bitte", sagte Newton beherrscht.

„Er war nach Hause gekommen und hatte natürlich wieder keinen Job bekommen. Nicht mal die Idioten in der Autowaschanlage wollten diesen König der Verlierer haben, verstehen Sie? Ich stellte ihn zur Rede und fragte, wie er für die Miete aufkommen wollte, und erinnerte ihn daran, dass er mir noch vor drei Monaten einen Pelzmantel, einen Urlaub und ein eigenes Auto versprochen hatte. Und dann besaß er noch die Stirn, mich zu fragen, was ich am Tage getan hatte."

„Nämlich?"

„Ich sagte ihm, dass ich einkaufen war und dann noch in Freddy's Bar."

„Und was ist in Freddy's Bar passiert, Mrs. Dunbar?"

„Passiert? Was soll schon passiert sein? Ich habe mich nach Männern umgeschaut, die es verdienen, so bezeichnet zu werden."

Newton versuchte, sich zu fassen. Die Minustemperatur, die aus Myrnas tiefgekühlter Seele strömte, war mittlerweile so heftig spürbar, dass man sich längst wundern musste, keine Eisblumen an den Fenstern zu sehen.

„Und das haben Sie ihrem Mann auch so gesagt, Mrs. Dunbar?"

„Nein, aber ich antwortete ihm auf seine Frage, ob ich etwas mit einem anderen angefangen hätte"

„Und zwar?"

„Ich sagte. Nein. Nicht mit *einem*, sondern mit dreien. Das war ja auch die Wahrheit. Und ich bin so erzogen worden, dass es nur anständig ist, die Wahrheit zu sagen"

Sie schaute plötzlich zu Carl herüber. Dabei bedachte sie ihn mit einem so hasserfüllten kalten Blick, dass man damit einen ganzen Jahrgang der Sonntagschule hätte traumatisieren können. Miss Sybill blieb das nicht verborgen und sie zuckte kurz zusammen. Richter Wigglebottom blieb die Ermahnung für Mrs. Dunbar, die seine Seele ihm auszusprechen gebot, ängstlich und ohnmächtig im Halse stecken.

„Und ich sagte noch mehr Wahrheit, Herr Anwalt", fuhr Myrna derweil fort. Sie ließ ihren Blick dabei auf dem armen Carl lasten. Und auch wenn sie ihn nicht direkt ansprach, merkte doch jeder, dass Myrna nichts anderes im Sinn hatte, als diesen Mann auf der Stelle zu vernichten.

„Ich sagte ihm die Wahrheit, dass er nichts weiter als der missgestaltete Sohn einer geisteskranken Ratte und einer räudigen Sklavin ist. Und ich sagte ihm, dass ich wünschte, seinen Eltern davon erzählen zu können, was für ein impotenter, fetter Schwächling aus ihrem Liebling geworden ist. Leider ist das ja nicht mehr möglich, denn die Erzeuger dieses Klumpen Mülls haben ja unglücklicherweise ihre Telefonnummer nicht hinterlassen, als sie zur Hölle gefahren sind, diese armseligen Bastarde."

Myrnas Stimme hatte nun etwas vollends Diabolisches bekommen und aus ihren Augen meinte man, die Funken der Hölle sprühen zu sehen. Sie legte selbstzufrieden ihren Kopf zurück und bestrafte Carl mit einem verachtenden Blick aus halb geschlossenen Augen. Dabei entfuhr ihr ein unmenschlicher Laut. Es klang wie das unterdrückte Fauchen einer Höllenkatze.

Eine beklemmende Ruhe beherrschte den ganzen Saal. Es war auch nicht möglich, auf diesen Ausbruch von subtilem, abgrundtiefen Hass anders zu reagieren, als mit kollektivem Schweigen. Es war die gleiche Art von Ohnmacht, die einen auch überfällt, wenn ein geliebtes Familienmitglied überraschend stirbt, oder wenn man aus anderen Gründen gewahr wird, dass absolut nichts je wieder so sein wird, wie es vorher war. So musste es sein, wenn der Teufel persönlich einem gegenüberstand und dabei aufzählte, welche unserer Unzulänglichkeiten er einem strafenden Gott sogleich zu erzählen gedachte. In diesem stillen Schweigen waren sich alle Anwesenden schlagartig darüber einig, dass Carl Dunbar nur freigesprochen werden konnte, durfte, musste. Wenn je ein Mann unschuldig im Sinne von *Notwehr* und seelischer Grausamkeit war, dann dieser Carl Dunbar. Diese Frau, die sich offiziell „seine" Frau nannte, war die Ausgeburt der Hölle. Was sie dazu gemacht hatte, ahnte niemand. Aber ein noch so vorsichtiger Blick in ihre Augen mahnte jeden, der versuchen wollte, es vielleicht doch herauszufinden, es besser gleich bleiben zu lassen. Myrna Dunbar war offensichtlich kein Mensch mehr. Etwas unsagbar Dunkles hatte von ihr Besitz ergriffen und sie in eine Bestie verwandelt. Im Gegensatz zu den meisten Menschen war es Myrna Dunbar nicht länger möglich, das Böse in den Tiefen ihrer Seele zu verstecken.

Carl Dunbar wurde am Ende des Tages tatsächlich freigesprochen. Selbst Mr. Hilton, der die letzten Minuten damit verbracht hatte, unsicher an seiner Krawatte herumzunesteln, applaudierte, als das Urteil schließlich verkündet wurde. *Unschuldig in allen Anklagepunkten.* Dass es damit so lange gedauert hatte – das Urteil wurde erst nach sieben Stunden verkündet – hatte an Miss Sybill gelegen. Sie war die letzte der zwölf Geschworenen gewesen, die sich erst nach langem Zögern dem schnellen Freispruch der anderen angeschlossen hatte. Allein ihretwegen war es dann doch nichts mit dem frühen Feierabend für alle geworden, den Mr. Hilton so optimistisch angekündigt hatte. Sybill hatte zum bodenlosen Unverständnis ihrer Mitjuroren darauf beharrt, dass Dunbar doch schuldig zu sprechen sei. Dann, am Ende, gab sie doch nach, denn in der Kirche warteten noch zwei Klavierschüler auf sie.

In der Nacht schlief Miss Sybill sehr unruhig ein. Die Erinnerung an den so sanft wirkenden Carl Dunbar verwandelte sich im Halbschlaf in ein Bild ihres tot geglaubten Ex-Mannes Harry. Schuldig. All die entsetzlichen Worte, die Myrna vor Gericht gesprochen hatte, sammelten sich nun, hier auf Sybills Weg in ihre Träume, in ihrem eigenen, geschlossenen Mund. Sie fanden den Weg über die Lippen nicht, so wie sie ihn auch vorher nie gefunden hatten. Sie kehrten stattdessen wieder um und verkrochen sich zurück in jene Kammer ihres Herzens, in der sie schon so lange hausten und Kraft sammelten und in der sie begehrten, endlich die Metamorphose abschließen zu dürfen, die sie zu jener Art von Dämonen machen würden, die auch von Myrna Dunbar Besitz ergriffen hatten. Und während sie dorthin zurückkehrten, stand die Tür zu dieser Kammer für einen kurzen Moment weit offen.

Da wurde es plötzlich eiskalt in Miss Sybills Schlafzimmer, aber sie bemerkte es nicht, denn sie war bereits eingeschlafen.

SPRACHLOS

Walter Grolle lebte schon seit Jahren allein in Bremen. Seine Rente war nicht üppig, aber immerhin reichte sie für alles, was er wirklich benötigte. Und einmal im Jahr, das hatte er sich so angewöhnt, gönnte er sich den Luxus einer Senioren-Gruppenbusreise in ein schönes Naherholungsgebiet. In diesem Oktober hatte es ihn an den Bodensee verschlagen. Hier stand er nun, am idyllischen Anleger eines kleinen Fischereibetriebes, als er einen der anderen Mitreisenden, den Unternehmer Hermann Schult aus Wanne-Eickel, am anderen Rand des Holzstegs entdeckte. Grolle hoffte seit Jahren, eines Tages jemanden zu treffen, der seine Wellenlänge hatte, jemanden, der seine sprachlose Einsamkeit und seine Gedankenwelt verstand. Ob vielleicht Herr Schult dieser Mensch war? Immerhin, er sah sehr nett aus. Grolle ging die paar Schritte zu ihm herüber.

Etwas schüchtern, aber voller Hoffnung auf diese Seelenverwandtschaft, sprach er den rüstigen Unternehmer an.

„Hallo, Herr Schult."

„Oh, hallo, Herr, äh, Grolle, stimmt's?", sagte Herr Schult selbstbewusst.

„Ähm ... ja, es ist schön hier, nicht wahr?", versuchte Grolle einen nicht allzu offensiven Einstieg in das Gespräch.

„Ja, in der Tat, es ist schön hier", bestätigte Herr Schult. Dann fügte er nach kurzem Zögern hinzu:

„Und ... sonst so?"

„Ach, ich weiß gar nicht …", entgegnete Grolle mit ruhiger Stimme, als wollte er sein Gegenüber für seine Sehnsüchte milde stimmen.

„Wieso?", sagte Schult, etwas irritiert über Grolles offensichtliche Unzufriedenheit und fügte an:

„Schmeckt ihnen etwa das Essen in der Pension nicht?"

„Nein, das ist es nicht", sagte Herr Grolle etwas verlegen.

Es entstand eine kleine Pause. Herr Schult schaute dabei unbeirrt hinaus auf den See, während Herr Grolle mit seiner rechten Hand ein wenig an seinem Hosenbein herumnestelte.

Dann fasste er den Mut, seine Gedanken wenigstens zaghaft auszusprechen.

„Fühlen Sie sich nicht auch manchmal … also, so … schrecklich allein, Herr Schult?"

Schult reagierte abrupt und mit aufrichtigem Unverständnis.

„Allein? Nein. Wieso allein? Ich hab doch die Angela. Aber Rückenschmerzen! Rückenschmerzen hab ich manchmal." Er deutete auf sein Kreuz.

„Hier … genau hier immer … Schlimme Sache, schon zweimal operiert, gönn ich keinem."

Herr Grolle hatte immer noch ein Fünkchen Hoffnung. Er wagte es, noch etwas deutlicher zu werden.

„Aber finden Sie nicht manchmal, dass man mit seinen tiefsten Gefühlen irgendwie alleine dasteht? … Schon allein, weil man nicht wirklich eine Sprache kennt, in der man sie ausdrücken könnte? Als ob ein Korken einen verstopft? Kennen sie das nicht auch?", sagte er und wünschte sich nichts sehnlicher, als ein verständiges, menschliches Wort.

„Wie, keine Sprache?", antwortete Schult, nun recht barsch. „Aber Sie *sprechen* doch die ganze Zeit!?"

Grolle merkte, wie seine Felle davonschwammen.

„Nein, ich meinte, Sie könnten nie hören, was ich sagen wollte, selbst wenn ich es sagen könnte oder es wenigstens versuchen würde, verstehen Sie? Das, was ich eigentlich denke oder fühle … dafür reicht mein Wortschatz einfach nicht aus. Es ist …" Er zögerte einen Augenblick. „Es ist … irgendwie ganz unmöglich", sagte er traurig.

Herr Schulte konnte ihm überhaupt nicht folgen.

„Haben Sie denn keine richtige Schulbildung?", fragte er mitleidig, aber mit fester Stimme.

Walter Grolle ließ resigniert die Schultern herabsinken und schaute auf seine Schuhe.

„Nein, das haben Sie jetzt falsch verstanden, Herr Schult."

Schult schaute ihn verständnislos an.

„Also, ehrlich gesagt … Sie kommen mir doch recht sonderlich vor, Herr Grolle. Haben Sie es schon mal mit so einer, na, so einer … Dingsbums-Therapie versucht?"

Eine lange Gesprächspause folgte.

Herrn Grolle überkam wieder das leere, schreckliche Gefühl des Verlorenseins, das er viel zu gut kannte. Manchmal kam es ihm schon vor, als wäre es sein einziger Freund. Herr Schult dachte derweil an das Wiener Schnitzel, das er heute Abend essen würde. Mit Salat und Kartoffelkroketten.

„Wollen wir nachher noch gemeinsam den Booten zuschauen, wie sie zum Fischen rausfahren?", sagte Grolle leise. In seinem Tonfall schwang eine traurige Mischung aus einem Versöhnungsversuch mit dem imperialistischen Reich der Seelenbarbarei und der vergeblichen Hoffnung auf etwas, das in seinem Leben vielleicht nie mehr geschehen würde.

„Aber nur, wenn Sie dann nicht wieder so einen Unsinn reden, Herr Grolle", sagte Herr Schult jovial und lächelte dabei gönnerhaft wie ein großzügiger Abteilungsleiter, der seinen Lehrling heute ausnahmsweise drei Minuten früher in den Feierabend entlässt.

„Ja, Verzeihung", zwang sich Grolle ein devotes Lächeln ab.

„Hm, ist schon gut, Herr Grolle ... schon gut ..."

Die beiden Männer schauten noch minutenlang schweigend auf den See hinaus. Schult dachte dabei weiter an sein Abendessen und das kühle Pils, das er dazu bestellen würde. Das alles würde ganz sicher ziemlich lecker werden.

Walter Grolle hätte nicht sagen können, woran er gerade dachte.

Irgendwo in der Ferne tutete dumpf ein Ausflugsdampfer.

Als Walter an diesem Abend einzuschlafen versuchte, trieb er in Gedanken wie immer sehr viele Schafe zusammen. Nur diesmal stellte er sich vor, die ganze große Herde würde ihm in seiner ganz eigenen Sprache Mut zusprechen und gleichzeitig ihre gesamte Wolle abwerfen, um sein Herz über Nacht ein wenig von innen zu wärmen.

SEELENTÄNZER

Maria war alt geworden. Sie schaute aus dem offenen Fenster, hinaus in den schönen Garten, auf die rot blühenden Rhododendren und die vielfältige Farbenpracht ihrer Tulpen. Es war schön bei ihr zu Hause, auch wenn das Haus für sie allein ja viel zu groß war. Sie genoss es dennoch, wieder hier zu sein und dankte Gott, dass sie diesmal nicht so lange im Krankenhaus hatte bleiben müssen.

Vielleicht würde es noch ein Jahr dauern, maximal zwei. Dann würde sie für immer von hier fortgehen. Maria ließ ihren Blick auf den schönen Blüten des Rhododendronbuschs ruhen und ihre Gedanken wieder zurückschweifen, in die einzige Zeit ihres Lebens, die nie wirklich vergangen war. Seit Alexander vor sechs Jahren gestorben war, tat sie das oft, noch viel öfter als früher. Die Gedanken waren ja immer wiedergekehrt, ganz unberechenbar, wie ein zarter Wind, der wieder und wieder über die Felder ihrer Seele wehte und die Ähren ihrer Erinnerung nach seinem Zeitplan in Bewegung brachte. Nein, ganz verschwunden war dieser Wind eigentlich nie.

Maria hatte sich oft gefragt, ob sie sich nur nie eingestanden hatte, den größten Fehler ihres Lebens gemacht zu haben, als sie den Gaukler damals fortgehen ließ. Der Gaukler. Diese beiden Worte nur zu denken, löste in Maria Gefühle aus, die sie nie abschütteln konnte. Sie hatte sich gegen ihn entschieden. Es war doch sicher auch ganz richtig gewesen. Oder nicht? Sie hatte leider nie eine Antwort bekommen, jedenfalls keine, die sie wirklich hätte gelten lassen.

Aber wenn sie ehrlich zu sich war, hatte sie doch viel zu oft an ihn gedacht in all den Jahren.

Und daran, wie wohl alles gewesen wäre.

Sie hatte den Gaukler getroffen, als sie Ende zwanzig und jung und hübsch und lebenslustig war. Und sie hatte sich unsterblich in ihn verliebt. Er war einfach mit dem Zirkus in ihre kleine Stadt und ihr kleines Leben gekommen, wie aus dem Nichts. Eigentlich war sie ja doch nur ganz zufällig auf dem Platz gewesen, wo der fahrende Zirkus für drei Tage gastierte. Sie wollte nur spazieren gehen, vielleicht die Chance nutzen, einen echten Löwen zu sehen. Dann hatte sie stattdessen ihn gesehen, als er hinter einem Zelt hervorkam und sie hatte ihn angesehen und schon in der Sekunde einfach alles vergessen, was ihr bis dahin wichtig erschienen war. Sie liebte den Gaukler auf den ersten Blick. Ja, wenigstens dachte sie das damals eine Weile. Wenn sie doch nur weiter daran hätte glauben könnte.

Der Gaukler war vor wonnigem Schreck über eine Zeltleine gestolpert, als er sie gesehen hatte. Sie beide hatten darüber gelacht und schon in diesem ersten gemeinsamen Lachen war so viel Verheißung. Er hatte sie sofort aus der Tiefe seiner Seele angestrahlt, als wollte er sagen: *Endlich haben wir uns gefunden, geliebter Engel. Ich habe dich schon so lange gesucht.*

Und ihr Blick hatte, ohne das Zutun ihres Verstandes, sofort erwidert: *Ja, ich weiß … endlich, endlich …*

Stattdessen hatte der Gaukler tatsächlich nur „Guten Tag" gesagt und gelächelt. Und sie hatte einfach scheu zurückgegrüßt. Dann war sie schnell durch den kleinen Wald nach Hause gelaufen, ohne ihre in die Gegenrichtung rasenden Gedanken auch nur eine Sekunde zähmen zu können. Später, abends, war sie in ihrem schönsten Kleid in die Vorstellung gegangen, wie von fremder Hand geführt, in der Hoffnung ihn zu sehen, mit dem wundervollen Traum im Gepäck, ihre Seele ein weiteres Mal in seinen Augen baden zu dürfen. Ihrem Mann Albert hatte sie gesagt, sie würde einfach etwas Zerstreuung brauchen und noch einen Spaziergang machen. Es war nichts Ungewöhnliches dabei. Sie war oft lieber allein, als die Abende in Alberts Nähe zu verbringen. Und dennoch war es ja diesmal nicht die Wahrheit gewesen. Sie war nur *seinetwegen* gegangen, wegen seines Lächelns und der geheimnisvollen Verheißung, die darin gelegen hatte.

Er war in der Vorstellung aufgetreten, als Zauberkünstler. Und er war unglaublich gut. Und lustig. Er hatte all die Menschen im Zelt mit seiner Kunst so wunderbar zum Lachen gebracht. Und seine Tricks waren wirklich überaus faszinierend. Maria versank in ihm, sie liebte ihn mit allem, was sie war. Sie konnte es selbst nicht verstehen. Aber auch nicht leugnen. Auch er hatte sie sofort im Publikum entdeckt und von da an war es ihr vorgekommen, als spielte er nur noch für sie. Das stimmte auch. Der Gaukler hatte sein ganzes Herz an sie verloren, in genau jenem Moment, in dem er sie zum ersten Mal sah und vor ihren Füßen gestolpert war.

Und dann war alles furchtbar schnell gegangen. Es war so wild und chaotisch und verrückt gewesen und Maria hatte nie zuvor und nie seither etwas so Aufregendes erlebt. Das ganze Sonnensystem veränderte sich innerhalb von 48 Stunden, kein Planet und kein Staubkorn blieben länger an ihrem angestammten Platz.

Sie hatten beide den Zufall provoziert, sich nach der Vorstellung getroffen. Anschließend waren sie wie alte Vertraute durch die Nacht gegangen, unter der Allee der Sterne hindurch, über die sanft wogenden Felder spaziert. Sie hatten geredet, so wundervoll geredet, sich sofort ihre Leben und Träume erzählt, erste Geheimnisse verraten, hatten sich auf die Erde gelegt und versucht, so viel Sterne zu zählen, wie sie nur konnten und dabei gelacht wie die Kinder. Er hatte ihr unter dem Mondlicht ein paar Zaubertricks vorgemacht und sie hatte lustige Grimassen geschnitten und ihm Worträtsel aufgegeben. Und schließlich hatte sie seine Hand genommen, als wäre es ihre eigene. Sie hatten die ganze Nacht miteinander geredet und miteinander geschwiegen und er hatte im Schein des Mondes für sie so wunderschön ausgesehen, wie ein Prinz von einem anderen Stern. Maria wusste, dass dieser Gaukler die Liebe ihres Lebens war. Dann wieder, nein, nur ein Teil von ihr hatte es gewusst, vielleicht ihre Seele. Aber war das nur ihre Seele gewesen? Sie wusste es nicht. Sie hatte sich später oft gefragt, ob der Rest von ihr überhaupt anwesend gewesen war. Auch wenn ihr Körper sich schon in diesem Moment nach seinem sehnte, schon, als sie zum ersten Mal seine Hand nahm. Auch wenn ihr Geist jauchzte und sie wie in einem einzigen Triumphschrei auf die unbändige Kraft Gottes in dieser Liebe hinwies und Ihn selbst darin *be*wies. Nein, nein, aber es war doch nur ihre dumme, sprunghafte Seele, die sicher gewesen war. Oder? Es war ja nie zu erklären gewesen, aber es musste doch die Wahrheit sein. Es musste. Es *war* doch richtig, den Gaukler gehen zu lassen. Doch dann spürte Maria immer wieder: Nein, wenn *Wahrheit*, wenn *Liebe* jemals ihren Namen verdiente, dann in diesen Stunden des tiefen Glücks.

Das sie durch ihre Finger rinnen ließ wie feinen Sand.

Maria schaute nun wie betäubt auf die roten Blüten des Rhododendrons. Sie konnte nicht anders, als noch tiefer in der Erinnerung zu versinken. Sie hatte es sich immer wieder verboten, doch nun war Alex ja nicht mehr da und sie erlaubte sich, innerlich noch etwas weiter zu reisen.

Marias Seele liebte die des Gauklers. Sie hatte sie immer geliebt. Und seine Seele liebte ihre. Wahrheit.

Maria war nach dem ersten Treffen mit ihm wie verwandelt gewesen. Sie hatte Heilkraft und Zukunft gespürt, hatte in dieser Nacht die funkelnden Sterne nicht nur am Firmament entdeckt, sondern auch in sich selbst. Der Himmel hatte ihr offen gestanden und sie eingeladen, gemeinsam mit dem Gaukler in seinen Höhen, an der Seite der versammelten Gestirne zu tanzen. Es war ein echtes Wunder, das mit ihrer Seele geschehen war, ein Zauber, der gar nicht von dieser Welt sein konnte.

Dann, nach zwei Tagen und zwei Nächten des wiederholten Seelentanzes, hatte der Gaukler sie entschlossen gebeten, mit ihm zu gehen. Es war so viel mehr als eine Bitte gewesen. Es war eine Feststellung mit Ausrufezeichen, wenn auch demütig und sanft vorgetragen. Maria liebte auch das an ihm. Er liebte sie voller Demut, als würde er nie etwas von ihr fordern können. Maria war in dem Moment seiner Frage geschmolzen, hatte ihn angelächelt, war in seine Arme gesunken und hatte „Ja" gesagt ... ja, sie würde mit ihm gehen, natürlich, wohin sonst auf der Welt sollte sie noch gehen? Es gab keinen Ort, keinen Platz, nur ihn, nur den Tanz der Seelen, die sich per Gottesbeschluss gefunden hatten. Wo sein Herz war, wollte auch ihres sein. Und er hatte zu ihr gesagt: „Hörst du die Musik der Ähren, wie sie sich wiegen? Lass uns tanzen ..."

Und ja, sie hatte diese Melodie auch gehört, die ein filigranes Engelsorchester nur für sie beide spielte. Dann waren sie wortlos aufgestanden und hatten im Mondlicht auf dem Feldweg im Rhythmus des Windes miteinander getanzt. Es war das Wundervollste, das Maria je erlebt hatte, ein himmlischer Rausch in einem mit Samt beschlagenen Separee des Garten Eden. Sie konnte die Anwesenheit der Engel spüren, die sich mitfreuten und den Rest der Tanzfläche füllten. Maria hatte später immer wieder daran denken müssen, auch wenn es ihr mit der Zeit gelungen war, diese Gedanken etwas zuverlässiger in die Flucht zu schlagen.

In diesem Moment, den nur der Himmel geschenkt haben konnte, wäre Maria an dem Gedanken gestorben, nicht mit dem Gaukler zu gehen. Sie hatte ihm noch einmal versprochen, mitzukommen, für immer an seiner Seite und für immer in seinem Herzen zu bleiben. Er hatte genickt und sanft über die Worte ihrer Liebe gelächelt und schließlich entgegnet, dass er ihr nicht viel versprechen könnte, dass er ein unverbesserlicher Träumer war, nur ein zarter Windhauch auf dem Ozean Gottes, eben ein Gaukler. Er sagte, dass er vielleicht nie genug Geld haben würde, um ihr eine Perlenkette zu kaufen. Aber dass er nichts lieber täte, als ihr all die Schätze der sichtbaren und unsichtbaren Welt zu Füßen zu legen, wenn es möglich sein sollte. Sie sagte, es sei ihr egal, alles egal! Sie liebte ihn, weil er genauso war, wie er war. Er hatte dennoch wiederholt, dass er ihr nichts versprechen könnte, als nur auf ewig sein bedingungslos liebendes Herz. Sie hatte die Augen geschlossen und gesagt, dass ihre Träume sich allein darin erfüllten und dass es ihr auf ewig genügen würde. Und dann hatte er ihr eine Perlenkette aus Gänseblümchen geknüpft und sie von einer Hand in die andere und schließlich in ihr Haar gezaubert. Sie hatte gelacht, dann vor Rührung geweint. Dann hatten sich ihre tränenbenetzten Lippen sanft berührt und ihre Seelen erneut getanzt, sanft, euphorisch, zärtlich, wild, leidenschaftlich und poetisch. Maria und der Gaukler waren eins geworden.

Für die dritte Nacht hatten die beiden sich wieder verabredet, um miteinander fortzugehen.

Es war die Nacht vor dem Tag, an dem der Zirkus weiterziehen würde.

Doch Maria war nicht gegangen. Sie hatte Furcht bekommen, ganz plötzlich, damals für sie fast völlig unerklärlich. Lähmende, ängstliche Ohnmacht hatte sie wie eine riesige Flutwelle erfasst, alles in ihr durcheinandergewirbelt, sie schließlich in einen Strudel der tiefen Verwirrung gestürzt, in dem so viele Stimmen nach ihr riefen. Die verzagte Stimme Alberts, des Mannes, den sie doch nie gekannt hatte, obwohl sie seit fünf Jahren mit ihm verheiratet war, die Stimme ihrer Freundin Paulette, die ihr so vehement den Kopf gewaschen und sie gefragt hatte „was zur Hölle sie sich eigentlich dabei denkt, sich an einen solchen Vagabunden zu verschwenden", dann die Stimme ihrer Eltern, die immer so wahnsinnig viel Wert darauf gelegt hatten, dass Maria es ihnen nachtat und in bodenständigen, sicheren Verhältnissen lebte. Dann, die Schrecklichste von allen, eine Stimme in ihr selbst, von der sie nicht wusste, zu welchem Teil von ihr sie gehörte. Diese Stimme hatte nichts weiter gesagt, als immer wieder: *Es ist nur ein Traum, nur ein Traum, nur ein zerstörerischer, dummer Traum!*

Die zarte Stimme, die flüsterte *Aber ich liebe ihn, er ist ein Teil von mir,* wurde schwächer.

Maria hatte all das nie verstanden. Doch sie war nicht gegangen.

Es hatte sie geschmerzt und gefoltert, so sehr wie nichts anderes im Leben, weder vorher, noch nachher. Sie hatte ihn einfach gehen lassen, hatte in dieser Nacht wach und schmerzgeplagt in ihrem Bett gelegen und zu einem Gott gebetet, den sie nicht wirklich kannte, und geweint und gehofft, dass der Seelentänzer durch ihr Fenster steigen und sie mitnehmen und ihre Angst und die Stimmen einfach fortjagen würde.

Sie war nicht gegangen.

Und er war nicht durchs Fenster gekommen, weil er den Flügeln ihrer Seele keine Ketten anlegen wollte.

Drei Tage waren vergangen. Tage, die Millionen von Jahren gedauert hatten, bis sie seinen Brief erhalten hatte.

Mein geliebtes, ersehntes Wunder, begann der Brief. *Du bist nicht gekommen … ich habe auf Dich gewartet, die ganze Nacht hindurch. Ich schaute in die Sterne und suchte Dich dort. Ich blickte über die Felder und ersehnte Dich in ihnen und hoffte, dass Du aus den wogenden Ähren zu mir schweben würdest, direkt in meine Arme. Ich suchte Dich im Orchester der Engel, doch Dein Platz blieb unbesetzt. Ich schickte nach Deinem Herzen und ich begann zu sterben, als es schwieg. Als ich verstand, dass Du nicht kommen wirst, war ich schon nicht mehr ich selbst. Geliebte Seele … Du hattest es versprochen … doch, oh, mein Gott, wie konnte ich darauf hoffen, dass Du Dein Versprechen hältst? … Wie anmaßend war es, zu glauben … Vielleicht war es ja nur Deine aufgeregte Seele, die das Versprechen gegeben hatte … und nicht all das Übrige, was Dein wunderbares, wachsendes Herz am Ende ausmacht … Und so … Geliebte … bleibt mir nur, Dich wissen zu lassen … es war kein Zufall, das wir uns getroffen haben … ich sah den offenen Himmel in Deinen Augen und ich sah dort die Liebe auf einem prachtvollen Thron sitzen, sah all die Träume, die wir beide je träumen würden … die Bestimmung und all die Sehnsüchte unserer Herzen spiegelten sich dort, sammelten und bündelten sich und verwandelten sich in ein unbeschreiblich schönes Juwel, das unseren Leben als ewiges Licht leuchten und uns führen würde, weit hinaus, bis an den äußersten Rand der Zeit ...*

Meine Liebe ... Du bist nicht gekommen ... ich habe keine Worte, die meine Verzweiflung ausdrücken, mein Sterben in Worte fassen könnten ... aber glaube mir, ich kann bis auf den tiefsten Grund Deines Wesens schauen und die Furcht sehen, die Dich festhielt ... Ich sehe all das, was Dich ängstigt ... und es ist, als könnte ich Stimmen hören, die Dich bedrängen und halten wollen ... doch bitte fürchte Dich nur nicht ... denn diese Liebe wird uns doch heilen und leiten ... Du musst sie nur lassen ... atmen lassen, sein lassen, was sie ist ... Fürchte Dich nur nicht ... es ist etwas so Heiliges, das uns geschehen ist ... bitte glaube mir, dass ich Deine wundervollen, heiligen Lippen nie berührt hätte, wenn ich es nicht wüsste ... mein Herz gehört auf ewig dir ... vertraue nur auf das Wunder, das unseren Seelen in diesen Tagen offenbar wird ... Bitte glaube daran, dass es nichts im Universum gibt, das größer sein könnte als das ... Ich liebe Dein Herz, Maria ... und ich wünschte in dieser dunklen Stunde so verzweifelt, ich könnte wirklich zaubern ... so bleibt mir nichts, als Dich noch einmal anzuflehen und in diesen Zeilen vor dir zu knien ... bitte komm zu mir! ... Werde meine Frau ... geh mit mir ... Wir werden in den nächsten Tagen mit dem Zirkus noch in Bingen gastieren ... danach in Groningen und Amsterdam ... dann Zürich ... Doch wo immer ich auch sein werde, meine Seele ... ich werde ja bei Dir sein ... Ich werde nie wieder der Gleiche sein, ich werde vergehen, wenn Du nicht kommst ... Vertrau mir doch nur ... vertrau diesem Stern, den wir sahen, der uns leitet, der uns lachen und weinen machen wird, der unser eigener Stern sein wird ... Und bitte versteh ... fürchte Dich nur nicht ... Ich werde doch den Engeln befehlen, Dich zu tragen ... und immerfort das Lied zu spielen, zu dem unsere Seelen tanzten ... verzeih meine in schwere Seelennot getränkten Worte ... Ich liebe dich, Maria. Auf ewig Dein ... Auf bald ...

Maria hatte den Brief nicht einfach nur gelesen, sie hatte ihn mit ihrem ganzen Sein inhaliert, jede ihrer Zellen damit gefüllt und wieder gefüllt. Nicht nur einmal. Zwanzigmal. Hundertmal. Tausendmal. Milliardenmal. Sie hatte ihn auswendig gelernt, hatte ihn geliebt, sich an dem Papier wundgeküsst, auf dem er geschrieben war, hatte mit ihm gewacht und mit ihm geschlafen.

Dann schließlich, eines Tages, hatte sie ihn wütend zerrissen.

Sie war nicht gegangen. Sie hatte sich gefürchtet. Nicht vor dem Gaukler, sondern vor sich selbst. Die Furcht hatte sich irgendwann als Wut verkleidet, dann als kühle Gleichgültigkeit. Wer war er denn? Was nahm er sich heraus? Und wer war sie, um eine solche Entscheidung treffen zu können? Sie hatte eben nicht gehen *können*. Es war doch nur ein Traum. Der Gaukler war nur ein Traum. Und die Liebe, von der er so überzeugt sprach, war auch nur ein Traum. Er war ein Träumer. Es war nur eine Idee, die ihn beseelte, eine fatale Überhöhung der Liebe, die niemals halten würde, was er versprach. Liebe war kein Zaubertrick. Marias Eltern würden sicher recht behalten. *Liebe ist nie das Fundament, sondern immer nur die Sahne auf einer Ehetorte*, hatte ihr Vater immer gesagt. Und *die Liebe ist, wie der Hunger, kein guter Berater, mein Kind, und sie wird sich schon einstellen, wenn man nur genug dafür arbeitet*, hatte ihre Mutter dann immer ergänzt. Gefühle veränderten sich eben, sie blieben ja doch nie gleich. Und wenn das Verliebtsein erst mal verschwunden war, das wusste doch jeder gebildete, erwachsene Mensch, dann hatte man es plötzlich mit den vielen Schwächen des Menschen zu tun, den man zuvor so bedingungslos zu lieben glaubte. War es Maria nicht mit Albert ganz ähnlich ergangen? Hatte sie ihn nicht auch geliebt? Und war Albert nicht wenigstens eine ganz pflichtbewusste, praktische Seele? Und war der Gaukler nicht von vornherein dazu verurteilt, an der hohen Temperatur seiner Träume eines Tages zu verbrennen?

Ein paar Jahre waren ins Land gegangen. Maria hatte sich nach einer Weile von Albert scheiden lassen. Es war ihr nicht mehr möglich, mit ihm zusammenzuleben. Er verstand ja nichts von ihr. Er konnte ihre Seele nicht sehen, nicht mit ihr tanzen, so wie der Gaukler es gekonnt hatte. Dann war sie gegangen, in ein Großstadtleben, das ihrer zauberhaften Schönheit Tribut zollte. Es gefiel ihr für eine Weile. Die Menschen in der Stadt liebten Maria für das, was sie in ihr sahen und für das, was sie zu sein schien und sie begehrten sie für ihre Lebenslust und ihre äußere und ihre innere Schönheit. Maria genoss die Aufmerksamkeit. Und doch war alles anders geworden. Sie erstrebte und gewann zwar die Herzen vieler Männer mit leichter Hand, doch sie verlor mit der Zeit das Bewusstsein für all das, was sie selbst an sich liebenswert gefunden hatte, als der Gaukler es ihr in der Sternennacht aufgezählt und sie ihm jedes Wort über ihre Schönheit geglaubt hatte.

Dann waren André und Frederick gekommen, dann Richard und Christoph, dann Julian, dann Reinhard. In all diesen Beziehungen hatte Maria etwas zu finden gehofft, von dem sie nicht mal mehr wusste, was es war. Für all diese Männer hatte sie wirklich etwas empfunden, mit allen hatte sie geschlafen, hatte jeweils einen Teil von sich hingegeben, der nie wiederkehren würde, und manchmal, während sie all diese armen Narren zwischen ihren Schenkeln und in den Randbezirken ihrer Seele aufnahm, selbst bemerkt, dass sie sich benahm, als wäre sie von einem mediokeren Nebel berauscht. All diese Beziehungen waren nach kurzer oder etwas längerer Zeit gescheitert.

Maria war dabei stets ein tiefgläubiger Mensch geblieben. Und sie hatte nie verloren, was ihr in die Wiege gelegt worden war. Nichts konnte jemals die wundervolle Schönheit ihres Herzens überdecken, die ihr vom Himmel geschenkt war. Die Menschen drehten sich stets nach ihr um, wenn sie ein Geschäft betrat. Sie würde noch eine ganze Zeit begehrt werden. Und sie wusste es. Doch so oft es ging, nämlich immer dann, wenn der Nebel ihrer Seele für einen Tag oder zwei den Blick zum Himmel freigab, betete sie, dass Gott ihr all das vergeben möge, was sie selbst nicht einmal ahnte. Maria hatte sich manchmal leise Vorwürfe gemacht, all diese Liebeleien überhaupt gehabt zu haben. Dann spürte sie ihre unstillbare Sehnsucht nach wirklichem inneren Frieden und entschuldigte und tröstete sich selbst. Es war doch gut, so, wie es war. Alles würde Sinn machen. Auch wenn sie ja nicht wusste, was sie suchte: Der Impuls, es finden zu wollen, war zu stark, um ihn zu bekämpfen. Gott musste wohl gerade in den Momenten des eigenen Lebens sein, die man nicht selbst kontrollieren konnte. Bei ihren regelmäßigen Kirchgängen wurde Maria dennoch manchmal von einem schlechten Gewissen geplagt. All diese Leiber, all dieses Fleisch. Was für einen unmerklichen Preis zahlte ihre Seele dafür? Hätte sie denn nicht wissen müssen, dass die Liebe nur dann Seelen sättigende, süße Früchte tragen konnte, wenn sich die Liebenden jeweils hingaben, wie ein demütiges Herz dem Sohn Gottes? Ja, sie ahnte, dass es stimmte. Aber das hatte sie selbst nie gekonnt. Nie wieder hatte sie sich jemandem so vollständig hingeben können, wie dem Gaukler, in jener Nacht, als sie gelacht und sich gegenseitig erkannt und die Sterne gezählt und unter ihnen getanzt hatten.

Dann, eines Tages, eigentlich ganz überraschend, hatte sie Alex getroffen. Er war um Einiges älter als sie. Dennoch hatte er so vieles von dem, was Maria sich wünschte. Auch schien es ihr nun plötzlich nicht mehr so wichtig, physisch begehrt zu werden. Ihr äußerer Glanz hatte bereits einige Makel bekommen und eine andere Art von reifer Schönheit hatte dafür in ihr zu blühen begonnen. Sie wuchs aus dem fruchtbaren Boden der Niederlagen, die Maria in sich trug. Alex hatte sich sofort in sie verliebt. Und sie sich in ihn, jedenfalls ein wenig. *Liebe ist nicht das Fundament.*

Alex war schon seit Jahren Witwer gewesen, sehr nett, ein echter Gentleman, elegant, stilvoll, gut aussehend. Er hatte ein bestaunenswertes Einkommen, war in seinem Freundeskreis sehr beliebt und war ein guter Mensch. Er konnte Maria ein eigenes Haus, finanzielle Sicherheit, Freundschaft und praktischen Halt bieten, sie würde sich darauf verlassen können, dass er treu und pflichtbewusst sein würde, bis der Tod sie schied. Sofern sie das wollte. Gehen konnte sie ja immer, so wie bisher. Aber das würde sie nicht. Alex hatte sie umschmeichelt. Und auch wenn er dabei etwas ungeschickt gewesen war, hatte es ihr gefallen. Er hatte auf angenehme Weise etwas sehr Väterliches. Und er liebte sie ja über alles. Maria hatte beschlossen, ihn für diese Tatsache zurückzulieben.

Alex hatte in den folgenden Jahren alles getan, um Maria wirklich glücklich zu machen. Er wurde der Vater ihrer beiden Kinder, ein anständiger Ehemann, ein guter Versorger. Er war ein feiner Kerl. Maria lebte eigentlich ganz gern mit ihm. Nein, sie war nicht glücklich. Aber sie war auch nicht unglücklich. Und ja, sie liebte ihn tatsächlich. Vielleicht, gewiss, ein wenig.

Dann eines Tages, nach mehr als zwanzig Jahren, war ein Brief gekommen. Es hatte kein Absender darauf gestanden, doch Maria hatte geschluckt und gezittert, als sie ihn in ihren Händen spürte. Sie hatte gewusst, dass er von *ihm* sein musste, obwohl sie meinte, seit Jahren nicht an ihn gedacht zu haben. Sie hatte ihn daraufhin auf den Nachttisch neben ihrem Bett gelegt, ohne ihn zu öffnen. Und ihn dort liegen lassen. Eine Woche lang. Zwei Wochen. Erst dann hatte sie ihn geöffnet:

Mein geliebtes Wunder Maria. Ich habe Dich nie vergessen ... Du bist in jeder Sekunde meines Lebens gewesen, seit Du von mir gingst. Wir werden uns nun nicht mehr wieder sehen können, denn ich gehe bald heim, dorthin, wo das Orchester probt, das schon einmal so wundervoll für uns beide spielte. Geliebte Seele, ich habe stets darauf gehofft, dass Du noch kommst, mich noch findest, mich aus meinen unbeschreiblichen Qualen erlöst. Jede Nacht schaute ich in die Sterne und suchte Dich in ihnen. Und jede Nacht sah ich Dich mit ihnen tanzen und strahlen. Du lächeltest mir zu, doch Du stiegst nie zu mir hinab.

Ich habe immer gewusst, wo Du bist, und ich hoffe, Du kannst mir das verzeihen. Ich habe mit Deiner Seele geweint, als sie sich den anderen Seelen hingab, ohne zu verstehen, was sie tat. All diese Männer haben nur sich selbst an Deinem Leib geliebt, so wie auch Du nur Deine Selbstliebe und Deine Achtung für Dich in ihnen suchtest. Ich wollte so gerne kommen, um Dich zu retten, doch wie hätte ich Dich nur vor dir selbst beschützen können? Die vielen inneren Stimmen, die Du hörtest; die Deines Vaters und Deiner Mutter, die Dich mit allem liebten, was ihnen gegeben war und doch nicht wissen konnten, was sie Dir antaten ... Die Stimme Deiner Seele, die Dir riet, stets weiterzugehen und nur nicht zu tief in Dich selbst hinabzuschauen, aus Furcht, dort etwas zu entdecken, das Dich erschrecken könnte ... all das war wohl unabänderlich, meine Liebe ... wenn es auch mein sehnendes Herz immer wieder gebrochen hat ... Wenn es auch die Fülle unseres Lebens aufzuhalten und zu zerstören wusste ... und dennoch, glaube mir

... es ist alles gut, Maria. Ich war in all dem stets bei Dir, ich habe Dich mit meiner Liebe zu halten und zu tragen versucht, doch wie wäre es möglich gewesen, Dich tatsächlich zu berühren, wenn doch nur die unterste Schicht Deiner Seele, aber nicht Dein ganzes Sein nach mir rief.

Ich liebe Dich, Maria. Ich werde Dich immer lieben. Ich trage Dich noch immer in meinem Herzen, meine verlorene Zwillingsseele. Und ich werde weiter auf Dich warten, schon bald allerdings an einem anderen Ort, an den ich von hier aus weiterreise. Wenn Du magst, stell Dir doch vor, wenn Du diese Zeilen findest und sie Dein Herz zart mit den Fingerspitzen der Liebe berühren: Die Nacht, in der Du nicht zu mir kamst, wäre nie vergangen. Stell Dir weiter vor, die Zeit wäre nur eine Illusion, die sich wie ein unwürdiger Diener vor der königlichen Kraft der Liebe verneigen muss, und diese Nacht wird auch dann noch Wirklichkeit sein, wenn Du mir eines Tages nachkommen wirst. Nun werde ich Dich nicht bitten, Dich zu beeilen, aber ich möchte Dich wissen lassen, dass ich dort sein werde, an dem Platz, auf dem der Zirkuswagen steht. Ich verspreche, dort zu sein, so wie ich immer dort war. Du fragst Dich vielleicht, wie damals, ob Du meinem Herzen und meinen Worten heute trauen darfst? Ich werde Dir ein kleines Zeichen schicken ... Wie Du weißt, bin ich ja ein Zauberer. Früher dachte ich eine Weile, ich wäre es nicht wirklich. Aber ich bin es nun tatsächlich geworden, es geschah ganz plötzlich, vielleicht auf den letzten Metern meines Lebens. Der Zauber, den ich nun beherrsche, ist die Frucht der Liebe, die wir beide all die Jahre in unseren getrennten Herzen trugen. Und eines Tages, meine kostbare Seele, werden dir deshalb als Zeichen zwei blaue Blüten blühen, die gar nicht dort nicht sein dürften, wo Du sie sehen wirst ... Und wenn Du dann etwas genauer hinschaust, wirst Du mich auf ihnen finden, denn ich werde in einem großen, roten Sessel auf ihren Fasern sitzen, Dich anlächeln und mich von dort mit einem Trapez direkt in Dein Herz schwingen. Und ich werde Dir das Glück mitbringen, das Du nie gefunden hast. Und dann werde ich Dich erneut bitten, dereinst mit mir bis zum äußersten Rand der Zeit hinaus zu tanzen. Und auf Dein Ja-Wort hoffen. Auf ewig, geliebter Mensch … auf bald.

Maria hatte aufgrund des Briefes versucht, den Gaukler ausfindig zu machen. Und sie hatte versucht, die Tränen der Erschütterung, die seine Zeilen in ihr ausgelöst hatten, zu leugnen, abzuschütteln, zu ersticken, doch es war ihr nicht länger möglich gewesen. Ihre Seele konnte nicht aufhören zu weinen und den Verlust zu betrauern, der ihr ganzes Leben bestimmt hatte. Es war der Verlust einer Welt, von der sie immer gewusst hatte, dass es sie wirklich gab, einer Welt, in der Träume Wunder geschehen ließen und viel mehr Kraft hatten, als die tristen Schrecken der stumpfen, morschen Realität, der sie so oft den Namen „mein Leben" gegeben hatte. *Könnte ich doch mit Dir tanzen.* Schließlich hatte sie, um den unerträglichen Druck von ihrer Seele zu nehmen, sogar Alex eingeweiht, denn sie wusste ja, dass sie sich auf seine Freundschaft verlassen konnte, selbst dann, wenn es ihn selbst verletzen musste.

Alex hatte nicht ganz verstehen können, was der Brief des Gauklers für Maria bedeutete, aber er hatte sich um ihr Wohl gesorgt, sich tatsächlich wie immer loyal verhalten und schließlich versucht, seine Beziehungen in die Welt der Kultur und des Feuilletons zu nutzen, um die Spur des Gauklers für Maria zu finden. Schließlich war es ihm gelungen, er hatte Kontakt zu einem der Bekannten des Gauklers bekommen und diesen getroffen.

Er hatte Maria anschließend nur berichten können, was der Mann ihm erzählt hatte: dass der Gaukler kürzlich an einem Herzleiden gestorben war, dass er nie verheiratet gewesen war und, dem Vernehmen nach, stets ganz allein gelebt hatte. Der Bekannte hatte Alex weiter erzählt, dass der Gaukler, der in seiner Jugend als lustiger Zauberer bekannt gewesen war, eines Tages, wie aus verstimmtem Himmel von einem unsichtbaren Schwert verwundet, all sein Strahlen und seine Freude verloren hatte und sich seine Zirkusfamilie länger als zwei Jahre sehr um ihn gesorgt hatte. Aus der wachsenden und zuweilen sehr dunklen Melancholie des Gauklers war allerdings schließlich eine famose Nummer hervorgegangen, mit der er schnell zur anrührendsten und warmherzigsten Erscheinung der internationalen Zirkusszene wurde. Die fantasievolle Zaubernummer, die ihn international berühmt gemacht hatte, bestand daraus, dass der Schöpfer des Universums, dargestellt durch ein lächelndes Licht, sich zwei reine Herzen nahm, sie miteinander verwob, sie sich wieder voneinander entfernen, dann wieder verschmelzen und sie zu überirdisch wundervollen Klängen tanzen ließ, bevor er selbst sie auf dramatische Weise und unter Tränen wieder trennte. Die Herzen halbierten sich während der Nummer dabei jeweils in den Händen des Gauklers, dann ergänzten die Hälften den fehlenden Teil des anderen zu betörender Musik, sodass die Hoffnung im atemlos gespannten Publikum immer wieder aufblühte, dass alles gut ausgehen würde, ja, musste. Doch am Ende der Vorstellung blieben die geteilten Herzen zum Entsetzen der Zuschauer doch allein. Eines zauberte der Gaukler sogar hinfort, sodass es spurlos verschwunden blieb. Das andere ließ er durch einen Zaubertrick so erbärmlich vergehen und weinen, dass den Menschen im Publikum nichts übrig blieb, als es ihm, dem gepeinigten Wesen, gleichzutun. Dann, als Höhepunkt, brach das verbliebene, einsame Herz in viele kleine Stücke, die sich dann aber wie durch ein Wunder in der ansonsten dunklen Manege verteilten. Diese Einzelteile leuchteten nun von überall direkt in die angerührten Gesichter und Seelen der Zuschauer. Kaum jemand konnte sich dem prachtvoll funkelnden Zauber entziehen, der in diesem Finale, in dem poetischen Schmerz der ganzen Aufführung lag und das Allertiefste in den Herzen der Menschen berührte. Und niemand konnte erklären, wie der Trick funktionierte. Der Gaukler hatte die Nummer dazu stets zur Begleitung einer unbekannten, fast überirdisch schönen Orchestermusik und unter einem wundervollen, gigantischen Tuchgemälde eines Sternenhimmels aufgeführt. Er war damit zur konkurrenzlosen Hauptattraktion all seiner Arbeitgeber geworden. Schließlich hatte er es bis in die Shows von Las Vegas und zu absoluten Spitzengagen gebracht. Der Erfolg aber hatte ihm nichts bedeutet.

Bis auf eine Perlenkettensammlung hatte er sich keinen Besitz angeschafft. Die letzten Jahre seines Lebens hatte er einsam in einer geräumigen Wohnung am Genfer See gelebt. Und dort war er schließlich auch ganz allein gestorben und anschließend an einem unbekannten Ort bestattet worden.

Drei Monate nachdem Maria all das über den Gaukler erfahren hatte, starb plötzlich auch Alex. Maria und er hatten stets geahnt, dass sie ihn überleben würde.

Bei seiner Beerdigung weinte sie.
Sie beweinte ihn, seine Loyalität und seine Güte.
Aber sie beweinte auch sich.
Und sie beweinte den Gaukler, die verlorene Liebe ihres Lebens.

Die letzten sechs Jahre hatte Maria nun zurückgezogen und meist ganz allein verbracht. Nur gelegentlich besuchten sie die Kinder, beide ja längst erwachsen, verheiratet, mit eigenen Kindern und all den Sorgen und Freuden, die Menschen eben so haben. Maria liebte sie und war stolz auf sie.

Die praktische Seite des Lebens ist genauso wichtig wie die Liebe, hatte Alex immer zu ihnen gesagt. Maria hatte immer nur halbherzig dazu genickt. Immerhin hatte die Liebe in diesem Satz schon eine gewisse Karriere gemacht, jedenfalls, wenn sie ihn mit den Grundsätzen ihrer Eltern verglich. *Liebe ist nicht das Fundament.* Die Kinder hatten die Maxime von Alex verinnerlicht und waren zu feinen, praktischen Menschen geworden, die nicht Gefahr liefen, von allzu unrealistischen Träumen hinfort gespült zu werden.

Aber war das denn wirklich die ganze Wahrheit über die Liebe?

War die Liebe wirklich nur ein gleichwertiger Teil von vielen?

Konnte man sie aufwiegen?

Oder war sie nicht am Ende doch selbst die Waage?

Meistens war Maria nun mit ihren Gedanken allein. Sie umsorgte und hegte die Pflanzen in ihrem schönen Garten und oft, allzu oft, saß sie an diesem Fenster und schaute hinaus und dachte nach. Ihre Krankheit war vor drei Jahren diagnostiziert worden. Man konnte sie nur etwas besänftigen. Sie zu besiegen, war unmöglich. *Das Leben ist kein säuselnder Bach*, dachte Maria. *Es ist der Fluss, der niemanden fragt, ob er eines Tages im Meer münden wird.*

Vielleicht waren es all diese Gedanken, die Maria heute ihren Blick länger als üblich auf dem wunderschön blühenden Rhododendron haften ließen. Sie verstand nicht gleich, was es war, doch irgendetwas war anders. Sie stand bedächtig auf und ging hinaus.

Draußen angekommen blieb sie etwa drei Meter vor dem Busch stehen. Zunächst glaubte sie an eine Sinnestäuschung, doch es war keine.

Mitten in dem großen Gewächs, zwischen all den prachtvollen, zahllosen roten Rhododendronblüten, befanden sich plötzlich zwei blaue.

Maria schloss die Augen und verharrte so minutenlang. Sie spürte einen Wind, der ihr Herz umschmeichelte. Nach einer Weile begann sie zu lächeln, denn sie konnte den Gaukler tatsächlich auf einem der Blätter in einem großen roten Sessel sitzen sehen. Er lächelte sie an. In ihrem Herzen hörte sie die Melodie der wogenden Felder und spürte das Funkeln der Sterne in ihrem Wesensfirmament, genauso wie sie es damals gespürt hatte, in der Nacht, als ihre Seele mit der des Gauklers im Mondlicht tanzte und sich für immer mit seiner verband.

Maria öffnete die Augen. Dann legte sie den Kopf in den Nacken, schaute zum Himmel und ließ zwei Tränen laufen, die auf dem Weg in die lang ersehnte Freiheit von einem stillen Lächeln eskortiert wurden. Dabei kam es ihr vor, als würde der Gaukler sich tatsächlich mit einem Trapez in ihr Herz schwingen, an genau die Stelle, die sie stets für ihn freigehalten hatte.

Maria breitete die Arme aus und lächelte weiter.

Dann sagte sie leise *ja*.

Als sie einige Wochen später starb, ging sie in dem Frieden, den sie ihr ganzes Leben lang erträumt und doch nicht gefunden hatte.

Sie schloss die Augen ein letztes Mal.

Und während sie in ihrem Krankenzimmer, vom warmen Licht des Mondes und der Melodie des Engelsorchesters umschmeichelt, sanft entschlief, freute sie sich mit ganzem, endlich ungeteilten Herzen auf den wundervollen Tanz, der ihr kurz bevorstand, und der bis zum äußersten Rand der Zeit nicht mehr aufhören würde.